KB274595

黎明之劍

여명지검

시하 新무협 판타지 소설

FANTASTIC ORIENTAL HEROES

여명지검 2

시하 新무협 판타지 소설

초판 1쇄 찍은 날 § 2009년 2월 5일
초판 1쇄 펴낸 날 § 2009년 2월 16일

지은이 § 시하
펴낸이 § 서경석

편집장 § 문혜영
편집책임 § 이재권
편집 § 정서진 · 서지현

펴낸곳 § 도서출판 청어람
등록번호 § 제1081-1-89호
등록일자 § 1999. 5. 31
어람번호 § 제2-1673호

주소 § 경기도 부천시 원미구 심곡2동 163-2 서경B/D 3F (우) 420-822
전화 § 032-656-4452 팩스 § 032-656-4453
http://www.chungeoram.com
E-mail § eoram99@chollian.net

ⓒ 시하, 2008

ISBN 978-89-251-1674-7 04810
ISBN 978-89-251-1672-3 (세트)

2

여명지검

黎明之劍

귀소(歸巢)

시하 新무협 판타지 소설

FANTASTIC ORIENTAL HEROES

도서출판 청어람

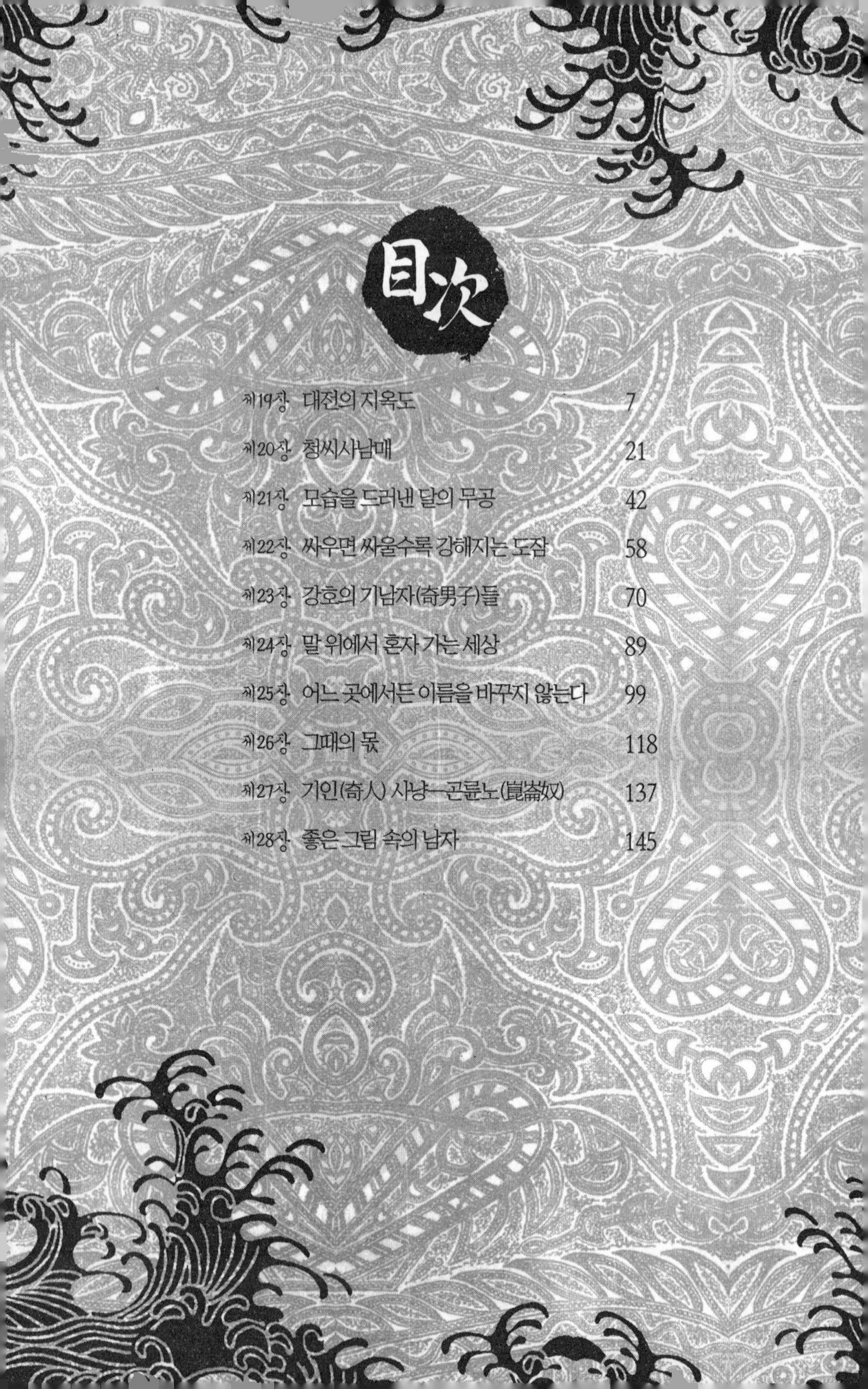

目次

여명지검
黎明之劍

대전의 지옥도

닫히는 문으로 밤바람이 밀려오면서 피 냄새가 확 풍겼다.

"누가 온 거예요?"

영사가 지나가는 말투로 물었다.

"몰라."

함현설이 고개를 저었다.

"여기는 원래 우리 외엔 올 수 없는 곳이라고 들었어. 실상 너도 와서는 안 되는 곳이야. 사부들이 널 데리고 왔을 때는 너를 죽이거나 가입시키거나 둘 중 한 가지만 택하게 하려고 했을 테니까."

함현설은 말을 가리지 않고 툭툭 하는 버릇이 있다. 하지만 그래서 그녀는 종종 진실을 말한다.

영사는 아직도 윗사람들과 해결해야 할 일이 더 남았겠구나 하고 생각했다.

반기정이 한쪽에 앉았다.

"여기서 기다리자. 끝나면 부를 거야."

"안 도와줘도 괜찮아요?"

영사가 밖을 보며 물었다.

반기정이 말했다.

"그런 걱정 안 해도 돼. 도잠 형은 싸우는 데 도가 텄으니까."

함현설이 픽! 하면서 말했다.

"죽이는 데도 텄지."

영사는 문가로 갔다. 하지만 밖을 볼 수 있는 틈은 없었다. 그때 갑자기 안쪽에서 고함 소리가 들렸다.

"어딜 감히!"

양지란의 분노한 목소리였다.

유월성의 호통 소리가 뒤를 이었다.

"죽으려고 환장했구나!"

"악!"

양지란의 비명 소리였다.

반기정이 튕기듯이 일어났다.

함현설의 안색도 창백하게 변했다.

"죽어라!"

박춘이 살기를 실어 외치는 소리가 들렸다. 하지만 그도 부상을 입었는지 음성이 평소와 달랐다.

반기정과 함현설이 안으로 달려가면서 소리쳤다.

"박 사부!"

하지만 또 뾰족한 비명 소리가 안에서 들렸다. 금린의 목소리였다.

영사는 뒤늦게 안으로 뛰어갔다.

윗사람들이 격하게 다투다가 서로 살수를 쓰는 것 같았다.

영사가 막 대전으로 뛰어들어 가는 찰나에 박춘의 비명 소리와 반기정의 비명이 동시에 터져 나왔다.

"으악!"

"윽!"

한데 그 와중에 함현설의 고함이 들렸다.

"영사! 오지 마! 악!"

영사는 그 순간에 대전으로 들어갔다. 그리고 온몸이 굳었다.

대전 안에는 영사가 바깥에서 얼핏 본 것 같은 지옥도가 또 하나 펼쳐져 있었다.

"흐흐흐흐흐."

이상한 웃음을 흘리며 자루와 날의 길이가 비슷한 귀두도를 든 괴인이 대전의 한가운데에 서 있었다. 함현설은 귀두도에 관통당해서 개구리처럼 허리를 뒤로 꺾은 채 허옇게 뒤집힌 눈으로 영사를 보고 있었다.

박춘은 짧은 두 다리가 잘린 채 상체를 핏속에서 퍼덕거리고 있었고, 유월성은 얼굴에 피가 가득한데 오른팔이 없었다. 벽에 던져진 채 머리를 부딪치고 정신을 잃은 상태였다.

반기정은 박춘을 보호하려다가 등에 길게 도상을 입고 엎어져 있었고, 양지란과 금린도 어디를 다쳤는지 핏속에 누워 있었다.

양지란이 손을 들어서 흔들며 말했다.

"가~ 가~ 어서 가. 피해."

몸에도 입에도 피였다.

영사는 전신을 부르르 떨었다.

함현설의 개구리처럼 까뒤집힌 몸이 귀두도를 타고 흘러 바닥에 떨어졌다.

괴인이 영사를 향해서 걸어왔다.

"흐흐흐흐흐."

누런 이빨을 드러내며 웃는 그 얼굴은 흉측하기 이를 데 없었다.

박춘이 몸을 꿈틀거리며 말했다.

"여, 영사 저, 저 녀석도… 주, 죽었… 군."

도망갈 수는 없었다. 돌아서는 순간에 귀두도가 허리를 끊어놓을 것이다.

영사는 소매로 손을 가린 채 소도를 뽑아 숨겼다. 무표정하게 괴인이 다가오는 만큼 천천히 옆으로 걸음을 옮겼다.

박춘은 경련 때문에 머리로 바닥을 통통 찧고 있었다.

"바… 보 자식! 독, 독이… 란 말이야. 어서… 피… 해."

음성이 살기와 혈향 속에서 녹아들 듯이 늘어졌다.

괴인이 다가오면서 말했다.

"흐흐흐… 네놈도 이상한 수법 하나쯤 있겠지. 하지만 나한테 걸린 상 이제 끝야."

괴인이 내뱉는 말이 군데군데 제대로 이어지지 않았다. 혀가 몹시 짧은 듯이 느껴졌다.

영사는 독이라는 박춘의 말을 듣는 순간부터 숨을 멈추고 있었다. 아직 몸에 다른 이상은 느껴지지 않았다.

괴인이 아무 소리도 없이 휘익 다가들면서 귀두도를 휘둘렀다.

영사는 그자가 몸을 움직이는 순간에 함께 움직였다. 몸을 옆으로 굴리는 천지회전이었다.

눈 깜짝할 사이에 귀두도는 영사의 다리와 팔 옆을 스쳐 지나갔다.

영사는 괴인의 측면을 굴러서 함현설을 잡고 유월성이 쓰러져 있는 벽으로 빠져나갔다.

"엇!"

괴인이 뜻밖이라는 듯이 소리를 냈다. 영사의 움직임이 너무도 빨랐던 탓이다.

괴인이 다시 귀두도를 끌어당기며 영사를 겨냥했다.

영사는 함현설을 내려놓고 천천히 앞으로 걸어갔다.

머리를 조금씩 끄덕거렸다.

괴인이 조금 전과는 달리 상당히 긴장한 모습이었다. 광기로 번들거리는 눈이 쉴 새 없이 깜박거렸다. 그러면서도 습관인 양 웃음을 흘렸다.

"흐흐흐흐."

순간 영사는 괴인을 향해서 달려들었다.

괴인이 움찔하면서 귀두도를 세차게 휘둘렀다. 거친 바람 소리가 났다.

영사는 발끝으로 피를 찍어서 옆으로 구르며 괴인의 얼굴에 뿌렸다.

이번에도 귀두도가 아슬아슬하게 비껴갔다.

영사는 반기정을 손으로 잡았다가 일어나면서 세게 밀어

서 벽으로 보냈다.

뒤에서 괴인이 귀두도를 휘두르며 달려들었다. 얼굴로 튄 피를 반은 막고 반은 맞았는지 흉측한 얼굴을 있는 대로 찡그린 상태였다.

영사는 옆으로 몸을 눕혔다. 귀두도가 코앞으로 지나갔다.

다시 벌떡 일어섰을 때는 귀두도가 팔을 스쳤다. 팔꿈치가 섬뜩했다.

괴인이 고함쳤다.

"미꾸이 같은 색야! 넝 독도 통하지 않냐?"

역시 발음이 이상하다. 처음보다 더 이상해졌다.

영사는 소나기처럼 퍼부어지는 귀두도를 피해서 물러나며 박춘을 안고 다시 유월성이 있는 쪽으로 빠져나왔다.

괴인이 쫓아오면서 귀두도를 종횡무진 휘둘렀다.

그때 유월성이 눈을 뜨더니 하나 남은 오른손 손바닥으로 바닥에 고인 자기의 피를 툭 내려쳤다.

핏!

순간 피가 화살처럼 변해서 괴인에게 날아갔다.

"앗!"

괴인이 귀두도로 피 화살을 막으며 껑충 뛰어서 물러났다.

티잉!

귀두도와 혈전(血箭)이 부딪치면서 쇳소리가 났다.

괴인이 두려운 듯이 말했다.

"비, 빌어먹을…… 너, 너는 아직도……."

유월성이 힘없이 말했다.

"아귀, 네가 미쳐도 이렇게 미치는 건 아니야. 산공독이 우리 같은 고수를 얼마나 오랫동안 잡아놓을 수 있을 거라고 생각하는 거냐, 이 병신 새끼야!"

아귀라 불린 괴인은 커다란 얼굴을 일그러뜨리고 또 한 번 뒤로 물러났다.

영사는 유월성의 앞을 막아섰다. 그는 가까이서 유월성의 뒷머리가 심하게 깨어져 함몰되었고 피가 목으로 타고 흐르는 것을 보았기 때문이다.

유월성이 영사에게 말했다.

"저 미친놈은 놔둬, 내가 처리할 테니까. 너는 할망구들이나 데려와라."

유월성은 함현설의 혈도를 누르다가 그만두고 반기정의 혈을 눌렀다.

함현설의 몸은 차갑게 식어가는 중이었다.

아귀가 버럭 소리쳤다.

"이 어르신이 가진 게 산공독뿐인 줄 아느냐?"

영사는 금린을 향해서 몸을 날렸다.

아귀가 뒤늦게 발견하고 금린에게 달려가면서 '어딜!' 하며 귀두도를 휘둘렀다.

번쩍!

칼 빛이 눈앞에 이르는 순간 영사는 천지반복의 수법으로 뒤로 누웠다. 몸을 일도양단하려던 칼이 원을 그리며 그냥 떨어졌다.

영사는 손도 대지 않은 채로 일어나며 숨기고 있던 소도를 힘껏 던졌다.

아귀가 뭐라고 소리치면서 귀두도로 소도를 내려쳤다.

차악!

소리가 났다. 소도가 옆으로 튕겨 나갔다.

하지만 아귀의 귀두도는 앞에서 삼분지 일이 성등 잘려 버렸다.

영사는 천지앙복의 수법으로 엎드리며 들어가 떨어지는 귀두도의 끝을 손으로 잡았다.

아귀가 놀라며 귀두도를 휘둘렀지만 이미 잘려진 후라서 길이가 짧았다.

영사는 귀두도의 끝을 아귀의 목으로 던지고 땅재주로 구르면서 발로 깊이 차서 넣었다.

넓은 귀두도 끝이 아귀의 목을 반이나 가르고 들어가 박혔다.

아귀는 큰 몸을 뒤뚱거리며 두 걸음 물러선 후에 넘어졌다.

즉사였다.

영사의 전신은 땀으로 젖어 있었다.

유월성이 힘없이 말했다.

“기… 막히군. 제기랄. 저런 녀석을 놓쳤으니 저 할망구들이 지랄하고 저렇게 된 게 조금도 안돼 보이지 않는군.”

영사는 입을 굳게 다문 채 손으로 글을 써서 물었다.

산공독뿐인가요?

유월성이 대답했다.

“그래. 아직은.”

“푸아아아아!”

영사는 그제야 숨을 토해내고 헐떡거렸다.

산공독뿐인 줄 알았다면 숨을 멈추고 있지도 않았을 것이다. 영사는 아직까지 흩어질 만큼 쌓은 공력도 없었기 때문이다.

유월성은 박춘의 몸을 지혈하면서 어이없다는 듯이 물었다.

“계속 숨을 멈추고 있었던 거냐?”

“예.”

영사가 아무렇지도 않게 대답했다.

"무려 한 식경이다! 사람이 어떻게 그러고도 살 수 있단 말이냐?"

유월성은 믿을 수 없다는 듯이 말했다.

영사가 금린과 양지란을 안고 오면서 말했다.

"제 사문의 일이라 자세히는 말할 수 없어요."

유월성이 미미하게 안색이 변한 채 말했다.

"그게 무공이라면… 놀랍군. 어쩌면 넌 우리를 다 안다고 해도 가입하지 않았을 수도 있겠어."

영사는 그 말에는 대답하지 않고 함현설을 보며 침울하게 말했다.

"현설 누나가 죽었군요."

유월성이 말했다.

"아직은 아니다. 하지만 가망이 없겠다. 운이 없었어. 아귀 놈의 품을 뒤져 봐라. 해독약을 찾으면 한결 낫겠구나."

영사는 아귀의 품에서 네 가지의 약병을 찾았다. 병의 색깔은 전부 푸른색인데 마개의 크기와 색깔이 서로 달랐다. 마개에는 작은 글씨로 대남(大男), 소남(少男), 대녀(大女), 소녀(少女)라고 적혀 있었다.

유월성에게 가져가니 유월성은 다른 사람들을 응급조치하고 정신이 오락가락하는 상태에 있었다.

"유 사부! 정신 차리세요."

영사가 소리쳤다.

"깜짝이야."

움찔하면서 유월성이 눈을 바로 떴다.

"유령산장(幽靈山莊)의 청씨사남매군. 어쩐지 쉽게 당했다 싶었어."

영사가 가져온 약병을 본 유월성이 말했다.

영사는 청씨사남매가 그 네 개의 병을 말한다는 사실을 깨달았다.

유령산장은 강호에서 잘 활동하지 않는 작은 문파였지만 청씨사남매로 유명했다. 어떤 고수도 청씨사남매 때문에 감히 유령산장을 범하지 못한다는 말이 있을 정도였다.

유월성이 말했다.

"소녀라고 쓰인 제일 작은 병이 산공독의 해독약이다. 뚜껑을 열어서 냄새를 맡게 해다오."

영사는 그가 시키는 대로 했다.

다른 사람들의 코에도 병을 가져가서 산공독을 해독했다.

그러면서 물었다.

"유 사부, 다들 생명에는 지장 없어요?"

"죽지는 않을 것 같다."

유월성이 힘없이 말했다.

산공독을 해독했지만 힘은 더 없는 것 같았다.

영사가 말했다.

"만약에 유 사부가 잘못되면 전 오해를 벗기 힘들 거예요."

유월성은 눈을 크게 떴다.

영사는 빤히 그를 바라보고 있었다. 무슨 의미인지 알 것 같았다.

유월성은 한숨을 내쉬었다.

"그래, 뭐든 확실히 하는 게 좋겠지. 허허. 네가 첩자도 아니고 오히려 우릴 구했다고 해주마."

영사는 박춘의 다리를 감기 위해서 찢었던 옷의 일부를 더 찢어서 유월성에게 내밀었다. 유월성은 숫제 체념한 듯한 표정으로 자기가 말했던 내용을 썼다.

영사가 말했다.

"미안해요, 유 사부. 제 목숨이 달린 일만 아니었다면 이러진 않을 거예요."

"옛다."

유월성이 피를 찍어 글을 쓴 천을 내주었다.

"남자가 하려면 이 정도는 해야 치밀하다는 소리를 듣지. 잘했다. 우리가 좀 더 치밀했더라면 너를 시험한다고 정신이 팔리는 와중에 독에 당하지도 않았을 테지."

영사는 천을 받아 들고 아귀의 시체 옆으로 갔다. 거기서 주변을 경계하며 다른 침입자는 없는지 확인했다.

아귀의 곁에 있어야 칠각단의 식구들이 돌아왔을 때 영사가 그와 싸워 죽인 줄을 알 거라고 생각했다.

피비린내가 속을 뒤집을 듯했지만 영사는 제육장의 호흡을 하면서 가다듬었다.

사부 우전의 말처럼, 강호의 싸움은 언제나 적을 속이는 데서 시작한다. 영사도 그에 충실하여 잘 속이든 잘 못 속이든 간에 아귀를 속이고 자신과 상황을 꾸미면서 싸우려고 노력했다.

하지만 제대로 된 첫 싸움의 상대라고 할 수 있는 아귀는 너무도 약했다.

영사는 있는 지혜와 힘을 다해보지 못했다.

어렴풋이 강한 적이 없으면 안 되겠구나 하는 생각이 들었다.

고개를 돌리며 유월성에게 물었다.

"유 사부, 강호는 어떤 곳이에요?"

"강호? 철저히 강호인인 녀석이 그걸 몰라?"

유월성이 고개를 떨어뜨린 채 중얼거리며 대답했다.

"피를 먹고 사람이 자라는 곳이지. 이렇게 말이야."

제20장

청씨사남매

신음 소리가 조금씩 들리기 시작했다.

소리치다 정신을 잃었던 박춘도 이빨 사이로 신음을 흘리고 있었고, 양지란은 거친 숨소리를 내면서 이빨을 갈고 있었다.

영사는 아귀의 시체 옆에 앉아 있다가 일어나서 그가 어디에 숨어 있다가 나왔는지를 찾아보았다.

대전은 네모난 형태인데, 창문은 없지만 공기가 바깥에서 들어와 흐르고 있었다.

영사는 사방을 살피다가 환기통을 찾았다. 그곳에서 독을 푼다면 자연스럽게 대전 안에 있는 사람들을 중독시킬 수 있을 것 같았다.

아귀라는 자의 무공은 보잘것없었다. 영사가 보기에도 우악스럽게 힘만 쓰는 자보다 조금 나은 정도였다.

사부 우전의 엄청났던 능력에 비하면 개미새끼만도 못하다.

그런 자도 독과 지형을 이용해서 네 명이나 되는 윗사람을 쓰러뜨리고 두 사람의 아랫사람 중에서 한 명은 중상을 입혔으며 다른 한 명은 거의 죽였다.

영사는 도사 노인 정홍수의 신기막측한 무공과 재주로 미루어볼 때 다른 사람들의 능력도 아주 뛰어나다고 생각하고 있었다. 유월성이 손바닥으로 피를 쳐서 화살로 만들어 날리는 재주만 해도 대단한 것이었다.

영사는 고개를 끄덕였다. 한 가지를 생각하고 한 번 끄덕이고 다시 한 가지가 떠오르면 또 끄덕였다.

그때 갑자기 유월성이 나직하게 소리쳤다.

"이리 와라! 빨리!"

영사는 깜짝 놀라서 유월성에게 뛰어갔다.

유월성이 영사에게 자기의 검을 쥐어주면서 말했다.

"누군가 오고 있다. 너는 이걸 가지고 저기 숨어라. 지금 오는 자들은 네가 막을 수 있을 것 같지 않다."

영사는 머뭇거렸다.

박춘이 눈을 부릅뜨며 짧게 말했다.

"어서! 놈들이 기관을 깨뜨리며 오고 있다."

자세히 보니 박춘은 귀를 바닥에 대고 있는 중이었다.

유월성이 말했다.

"살아남는다면 단주를 만나서 내 검을 전해줘라."

박춘이 영사의 덜미를 움켜잡더니 환기구를 향해서 던져버렸다.

영사는 가로세로 한 자 반에 불과한 환기구 속에 처박혔다.

그와 동시에 그르릉! 소리가 나면서 대전의 안쪽 벽이 열리기 시작했다.

박춘은 다리 없는 몸으로 일어나 앉았고, 양지란과 금린은 배와 가슴을 천으로 동여맨 채 일어서는 중이었다.

영사는 머리를 부딪치지는 않았지만 환기구 속으로 머리부터 밀려들어 가며 팔과 다리의 살갗이 벗겨졌다. 몸을 돌리고 싶어도 비좁아서 돌릴 수가 없었다.

귓속으로 박춘의 전음이 들려왔다.

"계속 기어가라. 밖으로 나갈 수 있을 것이다."

의기소침하면서도 퉁명한 음성이었다.

박춘은 잠시 말을 멈췄다가 이었다.

"의심했다. 미안하다."

　뒤이어 양지란의 비장한 음성이 들렸다.

"형제들, 여기서 정말 뼈를 묻어야겠어."

　금린은 대답하지 않았다. 유월성이 중얼거렸다.

"오늘은 정말 재수 더럽군. 흐흐. 그토록 쫓던 놈들을 여기서 보게 되다니."

　영사는 거울을 꺼내서 뒤로 비춰보았다. 하지만 환기구 속으로 너무 들어온 후라 대전의 모습은 볼 수 없었다.

　그대로 밖으로 나가려 했지만 박춘의 투박하던 사과가 그의 발목을 잡고 있었다.

　영사는 엎드린 채 앞으로 나아갔다. 그렇게 기어보는 것은 처음이었다. 하지만 몸은 마치 뱀처럼 자연스러웠다.

　손발을 특별히 움직이지도 않았는데 몸이 스르르 미끄러지면서 나아갔다. 마치 보이지 않는 팔다리라도 있는 게 아닐까 생각될 정도였다.

　영사는 그것도 용비등신인지 천지반복인지를 연습하는 도중에 생긴 능력이라는 것을 알았다.

　용비등신이라는 이름에서 생각해 본다면 뱀처럼 움직이는 능력이 포함되어 있는 것도 이상한 일은 아니었다.

　잠깐 사이에 이 장여를 미끄러져 들어가니 환기구와 환기구가 격자처럼 서로 만나는 곳이 나왔다. 영사는 거기서 몸을 옆으로 꺾어 들어갔다가 뒤로 물러났다. 물러나는 것도 앞으로 가는 것과 다를 바 없이 편안했다.

　어쨌든 영사는 자기가 땅재주 하나는 제대로 익혔구나 하고 생각했다.

　한데 뒤로 물러나는 와중에 발에 뭔가가 툭하고 걸렸다. 영사는 발을 더 깊이 집어넣어서 그게 뭔지를 더듬어보았다. 발끝에 전해지는 느낌이 책이었다.

　발끝으로 앞으로 당겨 손으로 잡아보았다. 깜깜한 어둠 속이라 볼 수는 없었지만 두께가 한 치나 되는 두꺼운 책이었다. 그 책에서는 아주 오래된 종이와 먹 냄새가 났다.

　영사는 책을 품속에 넣고 왔던 곳으로 방향을 꺾어서 나갔다. 검과 장력이 부딪치는 소리가 대전에서 격렬하게 들려오고 있었다.

　영사는 제육장의 호흡을 천천히 하면서 숨을 쉬는 듯 마는 듯했다.

　대전의 모습이 보이기 시작했다. 금린과 양지란이 검을 들고서 네 사람의 검은 옷을 입은 적을 상대하고 있었다. 그 뒤로 박춘과 유월성이 앉은 채 장력을 날리며 또 다른 네 사람을 상대하는 중이었다.

　반기정은 그때까지 정신을 차리지 못하고 있었다.

　영사는 검은 옷을 입은 자들의 뒷모습밖에 볼 수 없었다. 하지만 그들이 들고 있는 반원형(半圓形)의 괴상한 칼은 아주 뚜렷하게 보였다.

그 칼들은 좁고 길었는데, 두 자루를 이으면 완전한 원이 될 정도로 휘어 있었다. 잘못 치켜들면 자기 칼에 등을 찔릴 수도 있을 정도였는데 그 사용하는 법도 아주 기묘했다.

마치 온몸을 고리로 둘러서 가리는 것처럼 방어하고 칼 속에 몸을 숨긴 채 공격하는 것 같은 기묘한 방법들이 놀랍기 그지없었다.

박춘과 유월성이 사용하는 장법도 기묘했지만 그 반원형의 칼은 장력마저 베고 끊고 절묘하게 밀어냈다.

칠각단의 네 사람 중에서 무공이 가장 강한 사람은 양지란이었다. 그녀는 원래 온갖 기구를 이용해서 재주를 부리는 일을 하곤 했는데 검을 쓸 때도 그 모습이 화려하고 절묘했다.

부상을 입은 와중에도 이를 악물고 눈을 부릅뜬 채로 혼자 세 명의 적을 상대해 내고 있었다.

금린이 말했다.

"박춘! 너는 발이 없더라도 몸을 굴려 빠져나갈 수 있지 않느냐? 여기는 우리가 막을 테니 가거라!"

박춘은 대답조차 하지 않았다. 고집 어린 얼굴로 묵묵히 장력을 날려서 다른 적들이 접근하지 못하게 막았다.

금린이 다시 간곡하게 말했다.

"저들이 사용하는 칼은 전날 흉수들이 썼던 것과 같다. 네가 살아서 이 사실을 알려야……."

양지란이 소리쳤다.

"저 고집불통 녀석은 우리 말을 듣지 않는다! 차라리 힘을 아껴서 한 놈이라도 더 죽이고 죽도록 하자!"

유월성이 다급하게 말했다.

"금 사부! 근처에서 당신의 애들을 불러올 수는 없겠소?"

금린이 말했다.

"할 수 있으면 벌써 했다. 여기는 쓸 만한 짐승이 없다. 저런 종자들 말고는."

은색 반원도 여덟 자루가 쉬지 않고 움직이니 눈을 시리게 하기에 족했다.

맑고 경쾌한 소리가 쉼없이 터져 나왔다. 그 와중에 핏줄기도 종종 허공에 선을 그렸다.

팔에서 피가 난 양지란이 화가 나서 소리쳤다.

"이 빌어먹을 것들은 방어하는 법만 배웠는지 죽이기가 정말 쉽지 않다! 아무래도 우린 모두 죽게 될 모양이다!"

유월성이 탄식하며 말했다.

"예전에 형제들이 죽은 것도 이런 식이었던 모양이오. 이들의 도법은 감탄하지 않을 수 없겠소."

그때 갑자기 날카로운 휘파람 소리와 함께 검은 옷을 입은 자들이 뒤로 쭉 물러났다.

유월성과 양지란 등이 어리둥절한 표정을 지었다.

금린이 말했다.

"괴수가 온 모양이군."

영사는 돌아서는 자들의 모습을 보고 깜짝 놀랐다. 흑의인들은 모두 얼굴에 굴곡이 없는 사람들이었다. 하지만 자세히 보니 아주 괴상한 탈을 써서 얼굴을 가렸다는 사실을 알 수 있었다.

그들은 두 줄로 늘어서더니 반원도를 앞으로 내리고 움직이지 않았다.

그때 벽의 열려 있는 문으로부터 흰 그림자 하나가 번쩍이면서 대전으로 들어섰다. 순간 여덟 명의 가면을 쓴 자는 둥근 칼 끝을 맞대어 네 개의 동그라미를 만들었다.

흰 그림자는 동그라미 속으로 빠져나와서 우뚝 섰다.

영사는 여덟 개의 칼이 갑자기 닥칠 수 있는 위험으로부터 그 사람을 보호하기 위해서 원을 만들었다는 사실을 알았다.

나타난 사람은 머리카락이 희고 수염은 검은 노인이었다.

양지란이 놀라며 소리쳤다.

"월존(月尊) 매종탁!"

월존 매종탁은 월존이라는 별호를 사용한 지는 오래되지 않았지만 사십여 년 전부터 검으로 이름을 날리는 고수였다. 활동이 많지는 않았지만 무공의 고강함으로는 각대문파의 장문인과 비할 만했다.

월존 매종탁이 양지란을 보면서 말했다.

"감히 지존(至尊)을 성가시게 했다기에 어떤 것들인가 했더니. 흥! 이런 하찮은 것들이었군."

양지란이 발끈하며 단숨에 욕을 퍼부었다.

"매가야, 내가 너를 무서워해서 놀란 줄 아느냐! 고작 너 같은 놈이 흉수였다는 사실이 놀라웠을 뿐이다. 그럼 그렇지. 지존이라는 자면 몰라도 너 따위가 흉수였을 리 없지."

매종탁이 매서운 눈으로 양지란을 쏘아보았다.

"계집년의 주둥이가 험하구나!"

양지란이 말했다.

"눈깔 치뜨지 마라. 우리 얼굴을 봤으니 네놈도 죽기 전에는 여길 못 나갈 테니까."

매종탁이 흑의인들을 보면서 대뜸 소리쳤다.

"저년은 입을 찢어서 죽여라!"

"히히히히!"

양지란이 이상한 소리로 웃으며 불쑥 걸어나갔다.

"그 벙어리 새끼들은 어떤 년과 붙어먹으며 줄줄이 깠느냐? 재주도 좋다."

흑의인들 중에 한 명이 손으로 허공에 모양을 만들다가 멈추고 몸을 부르르 떨었다.

매종탁도 대노한 표정으로 고함쳤다.

"뭣이!"

양지란은 그녀를 에워싸는 여덟 흑의인을 보면서 말했다.

"좇이 좇도 아니라고 했다, 왜!"

매종탁은 화가 꼭지 끝까지 치밀어 수염을 벌벌 떨며 얼굴이 붉으락푸르락했다.

금린이 양지란을 따라나섰다.

양지란이 말했다.

"오지 마라!"

금린이 멈칫했다.

양지란은 이미 완전히 다 끝장이라는 듯이 고개를 돌리더니 박춘을 힐끔 본 후에 말했다.

"박춘 저 새끼 속편하게 해주려면 내가 먼저 죽어줘야 할 거 아냐! 밴댕이 소갈딱지 같은 새끼."

매종탁이 허리에서 검을 뽑으며 소리쳤다.

"늙은 년이 죽고 싶어서 환장했구나!"

양지란은 입을 삐죽거리며 매종탁을 흉내 내서 말했다.

"늙은 놈이 죽고 싶어서 환장했구나! 좇 죽은 놈같이 주둥이만 나불대는구나!"

월존 매종탁은 살아오면서 한 번도 그런 욕을 들어본 적이 없었다. 대놓고 앞에서 하는 이 같은 조롱도 처음이었다.

“이, 이, 이… 할망구가……”

이를 북북 갈면서 욕의 수위를 더 높여보려 했지만 말이 채 만들어져 나오지 않는 중에 양지란이 버럭 소리쳤다.

“붙어보자, 이 시발새끼야!”

유월성과 박춘조차 양지란의 생생한 광태에 얼이 빠져 버렸다.

매종탁이 고함쳤다.

“죽여!”

여덟 명의 흑의인이 양지란을 향해서 동시에 반원도를 휘두르며 공격해 들어갔다. 금린이 뛰어들고 박춘은 기다렸다는 듯이 땅을 구르며 언제 꺼냈는지 유성추를 휘둘렀다.

유월성은 손바닥으로 장력을 날리며 그 속에 십여 가닥의 붉은 화살을 실었다.

양지란은 너무나 빨라서 알아듣지도 못할 욕을 하면서 매종탁을 향해 돌진하여 검을 휘둘렀다. 모두가 필생의 힘을 다 모은 공격이었다.

유성추와 반원도가 서로 부딪치고 반원도에 걸려서 회전하는 유성추가 흑의인 한 명의 가슴을 꿰뚫었다.

사람 사이로 날아든 장풍에 실린 붉은 화살이 흑의인 하나의 얼굴을 관통하고, 또 다른 흑의인 한 명의 가슴에도 붉은 화살이 뚫고 들어갔다.

금린의 검은 한 명의 목을 베고 또 한 명의 옆구리를 찌른 후에 빠져나와 다른 한 명의 등으로 뚫고 들어갔다.

유성추가 뱀처럼 흐르면서 두 놈의 다리를 각기 한 번씩 묶어서 당겼다. 중심을 잃고 쓰러지는 그 둘의 이마에 박춘의 장력이 떨어졌다. 눈 깜짝할 사이에 벼락 치듯 일어난 일이었다.

"으악!"

월존 매종탁이 비명을 지르며 뒤로 훌쩍 물러섰다. 검을 들었던 오른팔이 잘려 나갔다. 양지란은 매종탁을 쫓아가면서,

"뒈져라!"

하고 소리쳤다.

그러나 부상이 심해서 매종탁을 따라잡지 못했다.

매종탁은 벽까지 물러서서 왼손으로 오른팔의 잘린 곳을 잡았다.

"으으……."

충격으로 말도 잘 나오지 않고 가슴이 헐떡거렸다.

다 죽어가는 것으로 보였던 자들이 갑자기 여덟 명의 부하를 눈 깜짝할 사이에 죽이고 자기마저 병신으로 만들었다는 사실이 믿어지지 않았다.

방금 죽은 그의 부하들은 암명월륜인(闇瞑月輪刃)이라는 희대의 도법을 익혔기 때문에 어떤 고수도 쉽게 죽일 수 없는

자들이었다.

더구나 매종탁은 일 검에 자기의 팔을 잘라낼 수 있는 고수가 있다는 사실을 믿을 수가 없었다.

"네… 네년은, 누, 누구냐? 어떻게?!"

매종탁이 공포에 질려 소리쳤다.

하지만 양지란은 이제 평정을 찾은 듯이 차가운 눈빛으로 경멸을 담아 쳐다보고 있었다.

금린이 흑의인 한 명을 붙잡고 말했다.

"한 놈은 살았어요."

그녀의 검에 옆구리를 찔린 자였다.

양지란은 매종탁을 노려보면서 신경질적으로 소리쳤다.

"물어볼 놈은 하나면 돼! 죽여!"

매종탁은 월존이라는 자기의 거창한 별호에 맞지 않게 그 말을 듣는 순간 안도했다. 하지만 자기가 자랑할 수 있는 경신술로 벽을 타고 달아나기 위해서 몸을 솟구치며 입을 열었다.

"내가 순순히……."

갑자기 매종탁의 입이 실룩거리며 말을 멈추었다.

매종탁은 이상한 표정을 지었다. 적들은 모두 멀리 있는데 그의 목이 떨어지고 있었다. 매종탁은 죽는 순간에도 어떻게 자기의 목이 베어져 죽었는지 알지 못했다.

그의 몸은 목이 잘린 후에도 더 솟구치다가 양쪽으로 쭉 갈라지더니 바닥으로 떨어졌다.

유월성이 나직하게 중얼거렸다.

"월존은 고수인데 영사 녀석 손에 죽었구나."

영사의 머리와 오른팔이 환기구 밖으로 빠져나와 있었다. 그의 소도에서 핏방울이 땅으로 떨어졌다.

양지란은 진원지기마저 사용한 차였기 때문에 탈진하여 털썩 주저앉더니 눈을 감아버렸다.

영사는 환기구에서 뛰어나와 청씨사남매 중에서 해독약을 꺼내 들었다.

유월성이 말했다.

"필요없다. 아직 해독약의 효과가 남아 있어 중독되지 않았다."

영사는 해독약을 품에 넣고 양지란을 안아서 유월성이 있는 곳으로 갔다.

금린도 죽지 않은 흑의인을 붙잡고 돌아왔다.

박춘이 영사를 올려다보면서 퉁명스럽게 물었다.

"왜 돌아왔느냐?"

영사는 자기 때문에 이 섬에 오게 되지 않았냐고 말하려다가 멈추고 둘러댔다.

"고수들의 싸움을 보고 싶었어요."

영사가 생각할 때 칠각단은 비밀이 있는 곳일 뿐 나쁜 사람들은 아니었다. 좋은 사람에게는 반드시 충분히 보답해야 한다.

양지란이 어이없는 듯이 말했다.

"영사, 너 그렇게 겁이 없는 놈이냐?"

영사는 머리를 긁으며 웃었다.

정신을 차린 반기정이 힘없이 말했다.

"착한 구석도 조금 있어요, 영사는."

금린이 한숨을 쉬면서 말했다.

"착한 줄은 모르겠다만 꾀를 잘 쓰는 건 알겠다. 영사가 청 씨사남매 중에서 대남을 꺼내서 흔들어 보이지 않았다면 죽은 건 우리였어. 월존 매종탁은 몸이 성할 때도 버거운 자야."

양지란이 죽을 각오로 나서서 마구 욕을 퍼붓고 있을 때 영사는 건너편 환기구 밖으로 손을 내밀어서 산공독을 뿌리고 있는 중이었다. 그래서 금린과 유월성, 그리고 박춘이 뜻을 맞추어 단번에 적을 섬멸할 수 있었던 것이다.

적들은 자신들이 중독된 줄도 모르고 있었기 때문에 아무런 힘도 쓰지 못하고 죽었다.

오직 월존 매종탁만이 공력이 심후해서 다 흩어지지 않고 일부 공력이 남아 있는 상태였다가 결국 영사의 손에 죽은 것이었다.

유월성이 말했다.

"청씨사남매에 한 번 당하고 한 번 이용했으니 가히 억울하진 않군."

살기는 했지만 모두 좋다고 할 수 없는 상태였다.

중상을 입지 않은 사람은 영사뿐이었다.

유월성은 한 팔을 잃고 머리가 일부 깨어졌으며, 박춘은 두 다리를 잃었다. 금린과 양지란도 아귀의 칼에 내장이 상했고 양지란은 진원마저 크게 손상했다.

'적이 어떻게 비밀 통로까지 알고 왔을까?

유월성은 속으로 생각했다.

영사는 첩자가 아니라지만 알 수 없는 금지의 비밀 통로로 적이 왔으니 유월성은 어떻게 생각해야 좋을지 알 수 없었다.

밖에서 지키고 있다가 적을 맞았을 석진교와 장탄개의 상태도 심히 걱정스러웠다. 그들이라고 무사할 것 같지 않았다. 그렇다고 무턱대고 나가봤자 도움이 될 가능성도 적었다.

저절로 영사에게로 눈이 돌아갔다.

"허허."

유월성은 실없이 헛웃음이 나왔다.

염치가 없어도 너무나 없었다. 영사는 이미 부탁해서 해줄 수 있는 것보다 훨씬 많은 도움을 주었다.

그때 양지란이 누워서 천장을 보다가 말했다.

"도잠이가 있다. 걱정 말고 운기조식이나 해. 도잠이가 적을 죽이고 올 거야."

영사가 작은 소리로 박춘에게 물었다.

"도잠 형이 그렇게 강해요?"

박춘이 입을 꾹 다물고 바닥에 귀를 대고 있다가 말했다.

"저보다 강한 적도 잘 죽이지."

박춘은 염탐하는 재주가 있었다. 바닥에 귀를 댄 채로 근처의 동정을 듣고 있는 중이었다. 기형의 반원도를 든 적들이 기관을 부수고 오는 것도 그가 알아낸 것이었다.

박춘이 손을 천천히 들었다.

말하지 말고 조용히 하라는 소리였다.

금린이 입술을 떨면서 말했다.

"또… 적이냐?"

박춘이 손가락으로 열려 있는 벽을 가리켰다. 적들이 나왔던 그곳이다.

"다섯, 아니면 여섯이오."

양지란이 입속으로 중얼거리며 쌍욕을 했다.

영사는 청씨사남매의 소녀를 꺼냈다.

반기정이 해독약의 냄새를 미리 맡으면서 중얼거렸다.

"죽겠군."

몸도 아프고 상황도 환장할 것 같다는 의미였다.

비밀 통로 쪽에서 급한 발소리가 두서없이 들려왔다.

양지란이 이를 질끈 악물면서 검을 짚고 일어섰다.

유월성이 손짓으로 영사를 부르며 말했다.

"이리 와라. 내가 너를 지켜주마."

청씨사남매는 기척이 없는 독약이었다. 영사는 유월성의 옆으로 가면서 또 한 번 청씨사남매에 기대를 걸었다.

순간 벽 속에서 누군가가 뛰어나오면서 고함쳤다.

"누가 살아 있느냐!"

높은 음성에 분노가 서려 있어서 상처 입은 짐승이 울부짖는 소리 같았다.

영사가 바로 소리쳤다.

"정 사부!"

양지란이 검을 놓고 철퍽 주저앉았다.

정홍수가 고룡백을 안고 대전으로 뛰어들어 왔다. 뒤이어 백미득이 태경을 업은 채 이옥윤과 곡언비의 손을 잡고 뛰어들어 왔다.

금린이 비명을 질렀다.

"단주!"

정홍수가 비분강개한 음성으로 소리쳤다.

"늙은 도적이 너무 강했다! 우리가 졌다!"

성한 사람이 없었다. 그들도 생사를 넘나드는 치열한 싸움을 했던 것이다.

영사는 급히 품에서 청씨사남매의 소녀를 꺼냈다. 하지만 이미 너무나 늦은 후였다.

태경을 업은 백미득부터 공력이 흩어져 힘없이 쓰러졌다. 이어서 정홍수가 고룡백을 안은 채 넘어졌다.

금린이 급하게 소리쳤다.

"어서! 해독을! 저들은 내력으로 상처를 누르고 있는 중이야!"

모두의 몸이 만신창이가 된 상태에서 한바탕의 소동이 일어났다.

영사는 중독된 사람들을 해독하여 한곳으로 모았다.

정홍수는 분노로 주먹을 움켜쥐고 몸을 떨었다. 의원인 태경은 자기의 상세가 심한 중에도 다친 사람들을 어떻게 해야 할지를 영사에게 일러주었다. 그의 품에는 늘 여러 종류의 약이 있었다.

영사는 그가 시키는 대로 환약을 먹이고 약을 바른 후에 상처를 싸매는 등의 일을 했다.

가장 심한 중상을 입은 함현설도 영사가 태경의 지시에 따라서 약을 바르고 먹이고 상처를 다시 감싸주었다. 미미하게

뛰는 맥만 아니면 함현설은 죽었다고 해도 과언이 아닐 정도
의 중태였다.

고룡백은 겉은 멀쩡했지만 심한 내상으로 전혀 공력을 운
용하지 못하는 상태였다.

곡언비가 울먹이며 말했다.

"양 사부와 유 사부, 박 사부는 괜찮을 줄 알았는데……."

양지란이 톡 쏘았다.

"이것아! 먼저 한 칼 먹고 들어갔는데 우린들 무슨 수가 있
어?"

금린이 백미득에게 물었다.

"어떻게 된 일이냐?"

백미득이 말했다.

"처음에는 괜찮았어요. 그런데 갑자기 그 늙은 도적이 단
주님을 공격했어요."

양지란이 이를 갈며 말했다.

"그 도적놈이 처음부터 보기 싫더라니! 그때 힘을 모아서
죽였어야 했어."

백미득이 말했다.

"단주님은 패하긴 했지만……."

정홍수가 말했다.

"더 말할 것 없다. 무공에서도 우리가 졌고 지략에서도 졌

다. 어서 힘을 회복해서 벗어나는 게 급선무다. 밖은 천웅방이 움직였으니 조금 여유가 있을 것이다.”

정홍수는 눈을 감고 운기조식에 들어갔다.

다른 사람들도 더 이상 왈가불가할 수 없었다. 내력을 회복하고 상처를 돌보는 데 정신을 모으기 시작했다.

영사는 혹시 다른 자들이 올까 싶어서 비밀 통로 쪽을 경계했다.

이상한 점이 많았다. 모든 게 마치 기다렸다는 듯이 오늘 밤에 터졌다.

금린이 침입자 중 한 명을 붙잡아놓고 있었지만 그녀도 제압만 해놓은 채 운기조식에 들어가서 눈을 말똥거리고 있는 사람은 영사와 그 침입자뿐이었다.

제21장

모습을 드너낸 달의 무공

영사는 속에서 일어나는 의혹과 호기심을 줄이며 바닥에 떨어져 있는 반원형 기형도를 주위 들고 살펴보았다. 손잡이에서 칼끝까지의 직선거리가 세 자 두 치가량이었다. 칼의 날을 따라가면 길이는 다섯 자는 안 되고 네 자는 많이 넘었다. 어찌 보면 굽은 소뿔과도 비슷했다.

아주 묘한 형태라서 두 자루를 연결하면 하나의 온전한 원이 나올 수도 있었는데, 또 두 자루를 연결 후에 비틀면 마치 가위처럼 쓸 수 있을 것 같기도 했다.

그러나 침입자들은 한 명이 하나씩 들고 있었기 때문에 실제로 서로 연결해서 사용하지는 않았다.

영사는 머릿속에서 그들이 기형도를 쓰던 모습을 떠올려 보았다. 방어할 때의 모습은 반달 뒤로 숨는 듯했고, 공격할 때는 땅 그림자 속에 숨어 있던 달이 고개를 내미는 듯이 둥글게 나갔었다.

사부에게 배웠던 여러 가지 무공을 살펴봤지만 딱히 이 이상한 도법을 깨뜨릴 방법이 없었다.

영사는 잡혀 있는 포로에게로 고개를 돌리고 손에 든 소도를 보여주며 나직하게 물었다.

"이 칼을 알고 있지요?"

괴상한 탈을 쓰고 있는 자가 몸을 부르르 떨었다.

영사는 짐작이 맞았다고 생각하고 고개를 끄덕였다.

"이 칼을 가진 사람은 당신보다 높은 사람이죠?"

영사가 다시 물었다.

탈바가지가 미미하게 고개를 끄덕여 시인했다.

영사는 그의 앞으로 다가서며 물었다.

"지금 제가 이걸 가지고 있어요. 당신은 내 명령을 거역할 수 있어요?"

탈바가지는 머리를 흔들었다.

영사는 씁쓸한 미소를 지었다.

그가 가진 소도는 원래 사부 우전을 암습했던 자가 가졌던 것이다. 또한 영사는 호숫가의 노인이 자기와 같은 칼을 가졌다는 말을 듣기도 했다.

사부의 원수는 사문의 한 세력이라고 할 수 있는 동심원이었다. 사부는 죽기 전에 지존에게 속아서 당했다고 했고, 조금 전에 월존 매종탁도 지존이라는 말을 입에 올렸었다.

미루어 짐작해 보면 소도 동심원의 지존이 자기의 신분을 상징하는 것과 비슷한 것일 가능성이 컸다.

영사는 소도를 감추고 물었다.

"당신이 사용했던 도법은 원래 당신들 게 아니었죠?"

탈바가지가 또 고개를 끄덕였다.

영사는 나직하게 한숨을 쉬었다. 또 짐작이 맞았다.

영사는 최종적으로 확인했다.

"당신들은 달[月]의 무덤에서 그 도법을 얻었겠지요?"

탈바가지가 눈을 크게 뜨고 두려운 표정을 지었다. 영사의 정체가 무엇인지 몰라서 혼란스러워하는 것처럼도 보였다.

영사는 우전과 함께 숨었던 곳을 별[星]의 무덤이라고 불렀다. 그곳에 남겨져 있는 것들이 그런 느낌을 주었기 때문이다.

침입자들이 사용한 도법에서 달이 연상되었고, 또한 여느 무공과 달리 깨뜨릴 수 있는 허점을 찾아낼 수가 없어 추측해 보았는데 정말 달의 무덤이 열렸고, 그곳에서 나온 무공임을 확인할 수 있었다.

염왕부로 아직 찾아가지 않은 것이 다행이었다.

세 개의 무덤을 알고 있는 사람은 오직 염왕부의 사자들뿐이었다.

그런데 그곳이 열리고 무공이 동심원으로 흘러갔다면 우전의 염려대로 염왕부에도 배신자가 있었다는 말이다.

유월성 등의 말로 미루어볼 때 예전에도 그들이 공격을 받았을 때 적이 달의 무덤에서 나온 무공을 썼다면 그 배신은 사부 우전이 생각한 것보다 훨씬 역사가 길 수도 있었다.

영사는 입 안에서 침이 마르는 것을 느끼며 물었다.

"다른 곳도 열렸나요?"

탈바가지는 머리를 흔들었다.

아니라는 뜻인 것 같았다.

영사는 조금 안도했다.

탈바가지에게 말하지 못하는가 하고 물어보았다.

탈바가지는 자기 입을 가리키고 머리를 흔들었다.

영사는 그의 얼굴에서 탈을 잡고 잡아당겨 버렸다.

순간 딱! 하고 이빨이 부러지는 소리가 들리며 탈이 떨어져 나왔다. 그자는 무슨 이유에서인지 탈을 입으로 물고 있었던 것이다. 탈의 안쪽에는 두 치 반가량의 넓고 길쭉하여 물기 좋게 만들어져 있었다.

영사는 황당하여 그자를 보았다. 삼십대 초반의 남자였는
데 아주 준수한 미남이었다. 이빨이 부러져 피가 턱으로 흘렀
지만 그것으로 준수함이 감해지지 않았다.

칠각단에서는 고룡백과 반기정, 그리고 도잠이 상당한 미
남이라 할 수 있었는데 영사의 눈앞에 있는 그 사람 정도는
아니었다.

"푸우!"

그자가 입 안에 든 피와 함께 숨을 뱉었다. 부러진 이빨이
튀어나오는 것을 보니 혀는 있는 것 같았다.

영사는 한 걸음 물러선 채 그를 바라보았다.

"깨끗하게 죽여주시오."

그자가 비감한 표정으로 말했다.

음성도 미성이었다.

영사가 말했다.

"어떻게 비밀 통로를 알게 되었는지 말하세요."

그자가 정홍수 쪽을 보면서 말했다.

"전음을 들었소. 저 도사가 거인과 젊은 사람들에게 먼저
가서 비밀 통로를 열고 기다리라고 했소."

거인이란 사람은 다름 아닌 태경을 말한다.

영사가 물었다.

"전음을 들어요?"

그자가 대답했다.

"우리한테는 지존께서 전수해 주신 특별한 방법이 있소."

영사가 눈을 찌푸리며 말했다.

"그래서 저들을 따라가서 해치고 오히려 먼저 올 수 있었던 거군요."

그자가 웃으며 말했다.

"거인이 젊은것들을 다시 돌려보냈소. 우리는 거인이 죽은 줄 알고 왔는데 목숨이 질겼군."

상황을 알 만했다. 그래서 온 순서가 뒤바뀌었던 것이다.

영사가 또 물었다.

"왜 이들을 공격했어요?"

그자가 갑자기 공손하던 말투를 바꾸어 차갑게 말했다.

"감히 지존을 성가시게 했으니 죽어 마땅하다."

"지존이 직접 시킨 건가요?"

영사가 묻자 그자가 잠깐 멈추었다가 대답했다.

"월존이 명령하셨다. 우리는 지존 앞에 나타날 수가 없다. 지존을 보게 된 것도 바로 근처에서였다. 우리는 고수들의 싸움이 벌어진 걸 보고 달려갔다가 지존을 보는 영광을 얻었다."

그자는 지존이라는 말을 할 때마다 음성과 눈빛에 존경을 담았다. 자기가 곧 죽을 것임을 알면서도 지존에 대한 존경심

만은 도저히 주체할 수 없다는 것을 온몸으로 말하고 있었다.

영사는 그가 자기의 말에 순순히 대답하는 것도 자기가 가진 소도 때문이라는 사실을 알 수 있었다. 비록 적일 수도 있지만 소도가 가진 권위에 절대 복종하는 것이었다.

하지만 또한 그는 지존의 존엄과 관련된 부분에서는 자기의 분노를 전혀 숨기지 않았다.

영사는 이제 한 가지 외엔 더 묻고 싶은 것이 없었다.

"지존을 찾아온 것도 아니라면 당신들은 왜 이곳으로 온 거죠?"

그가 머뭇거리다 어쩔 수 없다는 듯이 말했다.

"비급을 추적해 왔다."

영사는 고개를 끄덕이고 물러섰다.

그때 살며시 눈을 뜬 박춘이 영사를 보며 물었다.

"너와 상관이 있는 자냐?"

박춘은 눈만 감고 운기행공하는 시늉을 하고 있었던 모양이다.

영사는 머리를 끄덕이며 말했다.

"제 원수들이에요."

그자는 씁쓸하게 웃고 완전히 체념하는 눈빛을 지었다.

박춘이 영사에게 또 물었다.

"그럼 이제 내가 문초하면 되겠느냐?"

영사가 고개를 끄덕였다.

영사는 염왕부에서 누가 배신자인지를 생각해야 했다. 세 개의 무덤을 모두 알고 있는 사람은 사부인 우전밖에 없었다. 우전의 사제들은 각각 하나밖에 알고 있지 않았다.

영사는 그중에서 누가 달의 무덤을 알고 있는 사람인지 알지 못했다. 염왕부에 간다고 해도 그것을 알아낼 도리는 없었다.

이런 종류의 비밀은 문자로 결코 남기지 않는 것이 사문의 법이었다.

박춘이 심문을 시작했다.

그는 그자의 얼굴을 빤히 들여다보다가 말했다.

"네놈은… 색마(色魔) 구양선이 아니냐?"

"헉!"

그자가 얼마나 놀랐는지 헛바람을 삼키며 입을 딱 벌렸다.

영사도 적잖게 놀랐다. 칠각단은 정말 강호의 거의 모든 사람과 일을 알고 있는 것 같았다.

박춘이 말했다.

"지난 오 년 동안 잠잠하다 싶었더니 바가지를 쓰고 숨어 있었구나."

색마 구양선은 자신의 정체가 단번에 들통 나자 겁에 질린 표정이 되었다.

정홍수가 눈을 떴다. 이어서 한 사람씩 눈을 뜨고 색마 구양선 앞으로 모여들었다. 그들에게 있어서 색마 구양선은 과거의 혈겁에 얽힌 사연을 밝혀줄 아주 중요한 단서였다.

금린이 소리쳤다.

"십육 년 전의 혈겁에도 네놈이 끼어 있었느냐?"

색마 구양선은 머리를 저었다.

"나는 알지 못하오. 십육 년 전이면 나는 강호에 출도하기도 전이오."

곡언비가 죽은 자들의 탈바가지를 열어보면서 말했다.

"이자들도 모두 강호의 색마들이군요."

양지란이 어처구니없다는 표정을 지었다.

"색마가 떼로 왔어? 니들이 없었기에 다행이다."

구양선이 겁에 질린 얼굴로 말했다.

"우린 모두 손을 씻었소. 지존을 뵌 후로 더 이상 나쁜 짓은 하지 않았소."

정홍수가 고함쳤다.

"무작정 죽이고 보는 살인이 나쁜 짓이 아니면 뭐가 나쁜 짓이냐!"

구양선이 입을 다물었다.

정홍수는 구양선의 뺨을 한 번 철썩 친 후에 머리에 침을 하나 박아버렸다. 구양선은 고개가 획 돌아갔는데, 다시 돌아오는 사이에 눈빛이 점점 흐릿하게 변했다.

정홍수가 말했다.

"네놈이 알고 있는 것은 남김없이 토해내라. 우리, 우리…가 만만한 줄 알면 오산이다."

구양선이 실토하는 내용 중에서 칠각단과 관련된 일들은 영사가 들어서 좋을 게 없었다. 영사는 일부러 멀찍이 물러서며 말했다.

"정 사부, 그는 제 원수기도 합니다. 저한테 복수할 수 있게 해주세요."

정홍수가 고개를 끄덕였다.

"다 쓴 후에 네게 주마."

정홍수의 침을 이용한 이상한 비술은 사람의 정신마저 조종하는 것이었다.

영사는 정홍수가 입으로 주문을 외우는 것을 보면서 더 멀리 물러섰다. 대전의 바깥으로 나가는 길목으로 자리를 피했다.

강호의 색마들을 모아서 특이한 도법을 연성케 했다는 점이 황당하면서도 이치에 맞았다. 그들이 익힌 무공이 달의 무덤에서 나온 도법이고 그 속성상 강한 음기를 지탱할 수 있어야 한다면 색마들로 하여금 익히게 하는 것이 최선의 방법일 가능성도 있었다.

영사는 또 다른 하나의 무덤에서 나오는 무공은 그럼 어떤 것일까 생각해 보았다. 별과 달이 나왔으니 남았다면 해[日]였다.

혼자 벽에 기대어 서 있는데 이옥윤이 다가왔다. 그녀도 부상이 만만치 않았다.

"우리 그이와 싸웠니?"

이옥윤이 조심스럽게 물었다.

영사는 고개를 저었다. 그녀와는 함께 다니면서 많이 친해졌다.

이옥윤이 안도의 한숨을 쉬면서 말했다.

"그럼 그는 바깥에 있겠구나."

영사는 고개를 끄덕였다.

"우리한테 나오지 말라고 했어요."

이옥윤은 조금 있다가 말했다.

"포로를 심문하는데… 원수는 색마들을 잡아서 특이한 무공을 익히게 한 모양이야."

영사도 대충 들어서 알고 있는 말이었다. 이옥윤이 말을 꺼내기 위해서 한 말에 지나지 않았다.

조금 기다리니 이옥윤이 눈치를 살피며 말했다.

"그이가 무사한지 네가 한번 봐줄래?"

"예."

영사는 순순히 대답했다.

이옥윤이 미안해하면서도 고마움에 미소를 지었다. 그녀는 다친 몸이라도 나가서 도잠과 함께하고 싶은 눈치였지만 윗사람들의 명이 떨어지지 않아서 못 나가는 상황이었다.

이옥윤이 영사의 얼굴을 만져서 연지와 분과 피로 알아볼 수 없게 만들어주었다. 칠각단이 이후에도 살아남는다면 강호를 유랑해야 하기 때문이었다.

영사는 혼자 가서 닫혀 있는 석문을 조작하여 열었다. 도잠이 나갈 때 하는 것을 유심히 봐두었기 때문에 어려움은 없었다.

그리고 눈앞에 펼쳐질 생지옥을 생각하면서 마음을 굳게 먹었다.

과연 그가 밖으로 나섰을 때 수십 명, 어쩌면 백 명도 넘을지 모르는 사람들의 시체가 열십자로 펼쳐진 길에 아무렇게나 흩어져 있었다.

하지만 이리저리 둘러봐도 석진교와 장탄개, 그리고 도잠의 모습은 보이지 않았다.

바깥은 아주 밝았다. 분지를 둘러싸고 무수한 횃불이 서 있었으며 불 사이로 사람의 그림자가 가득했다.

시간은 새벽이 멀지 않았다.

영사는 시체들을 밟지 않으려고 애쓰면서 십자로를 빠져 나갔다.

네 개의 건물을 둘러싼 권환이 보였고, 그 권환의 바깥에 석진교가 장탄개의 부축을 받은 채 서 있는 것이 보였다.

그들 외에 분지 안에 흩어져 있는 자들이 어림잡아서 이백 여 명, 그 바깥에 횃불 사이에서 포위하듯 서 있는 자들은 거의 일천 명에 달하고 있었다. 새파란 화살촉이 횃불에 반사되어 별빛처럼 번뜩였다.

영사는 공연을 할 때 수입을 알았고, 그 수입과 관객의 비례를 통해서 얼추 사람이 몇 명 정도 모였는지를 헤아려 보곤 했기 때문에 그가 짐작하는 사람의 수는 대체로 비슷했다.

"또 한 명 나온다!"

누군가 멀리서 영사를 손으로 가리키며 소리쳤다. 음성에 두려움이 서려 있었다. 영사는 도잠이 나온 후에 대담한 살육을 일으켰겠구나 하고 짐작했다.

하지만 도잠의 모습은 영사의 눈에 보이지 않았다.

석진교와 장탄개가 영사를 발견하고 표 나지 않게 손을 내저었다. 다시 들어가라는 의미였다.

귀로도 장탄개의 전음이 들렸다.

"들어가. 사부들께 여기를 포기하고 빠져나가라고 전해."

영사가 조금 걸음을 늦추었다.

석진교와 장탄개 모두 모습이 평상시와 달랐다. 영사는 그들의 몸과 몸짓으로 그들을 알아보았다.

장탄개가 전음으로 말했다.

"여긴 틀렸어. 우리가 감당할 수 없는 고수가 여럿 와 있다. 단주와 정 사부, 양 사부가 모두 있어야 상대할 수 있을 정도야."

장탄개의 음성에 영사에 대한 의심은 전혀 없었다. 도잠이 영사는 첩자가 아닌 것 같다고 말한 모양이었다.

영사는 눈으로 도잠을 찾으면서 말했다.

"사부들이 모두 와 있어요."

그때 땅에서 시뻘건 혈인이 일어나면서 말했다.

"그것 잘됐군."

도잠의 음성이었다.

그는 누군가를 죽이고 전신을 피로 뒤집어쓴 채 일어나는 중이었다. 멀리서 봐도 팔다리, 그리고 머리도 온전하게 있었다. 손에는 부러진 칼이 하나 들려 있었는데 불편하다고 생각했는지 일어서면서 아무렇게나 내던져 버렸다.

도잠이 장탄개에게 말했다.

"넌 석 사부를 모시고 들어가라."

장탄개가 무슨 소리냐는 듯이 눈으로 반문했다.

막 석진교가 말을 하려는 찰나에 도잠이 큰 걸음으로 휘적 휘적 걸으며 영사에게 씨익 웃으며 말했다.

"저 개새끼들하고도 못 싸우겠다는 말은 하지 않겠지? 그렇지?"

석진교가 말했다.

"영사는 열네⋯⋯."

도잠이 영사의 옷을 가리키며 말했다.

"벌써 피를 묻혔습니다. 걱정 말고 들어가십시오."

도잠이 손을 흔들었다.

장탄개는 도잠의 명을 거역하지 못하고 석진교를 부축한 채 물러섰다.

도잠이 영사에게 은밀한 음성으로 말했다.

"저 피를 봐라. 좋지?"

도잠이 '좋지?' 할 때는 마치 큰 비밀을 공유한 동지를 대하는 것 같았다.

영사는 그 말과 함께 자기 속에서도 뜨거운 것이 불끈 치밀며 피 냄새와 핏빛이 여태까지와는 전혀 다르게 느껴졌다.

피 냄새는 향기롭고 핏빛은 황홀했다.

심장이 흥분으로 춤을 추며 벌렁거리기 시작했다.

영사의 위장한 얼굴은 변함없었지만 숨소리와 눈빛은 그 변화를 숨기지 못했다.

도잠이 어깨를 치고 그것보라는 듯이 씨익 웃은 후에 등을 돌리며 큰 소리로 웃음을 터뜨렸다.

"으하하하하!"

기쁨과 살기로 충만한 음성이었다. 그의 얼굴과 몸에서 남의 것인 피가 찐득하게 흘러내리고 있었다.

영사는 도잠의 정체를 알 것 같았다. 그의 뒤에서 머리를 흔들며 속으로 말했다.

'같지는 않아.'

도잠이 웃음을 그치며 말했다.

"또 죽고 싶은 자는 누구냐! 나서라!"

제22장

싸우면 싸울수록 강해지는 도잠

요광은 위지결과 가까운 곳에 서 있었다. 어쩌다 보니 대부분의 남아 있는 고수들은 위지결과 요광의 근처에 있었다.

뒤늦게 달려온 천웅방의 수뇌들은 모든 부하를 동원하여 분지를 외곽에서 완전히 포위한 상태였다.

수적인 청웅방도들은 물 위에서의 싸움에 용이하게 활을 쓸 줄 알았다. 게다가 그들이 지금 사용하는 활은 위력이 아주 강해서 날아오는 화살이 잘 보이지 않을 정도였다.

도잠의 명령에 따라서 그들이 한 번씩 화살을 쏠 때마다 수십 명이 죽었다. 하수들이 먼저 죽고 고수들이 남게 됨에 따라서 화살에 죽는 자들의 숫자는 점점 줄기는 했지만 여전히 천웅방의 활은 대단한 위력을 가지고 있었다.

한 번 시위가 당겨지면 수만 마리의 벌 떼가 나는 소리가 나면서 하늘을 새까맣게 덮었다가 이내 땅을 가시밭처럼 만들어 버리기 때문이었다.

도잠은 한 번 활이 쏘아지고 나면 도전을 받듯이 고함치며 적들을 도발했다. 화살에 큰 위협을 느끼는 자 중에는 차라리 도잠과 싸우는 편이 낫다고 생각하는 자들이 있었고, 그들은 도잠의 손에서 죽어갔다.

하지만 도잠도 알고 있었다.

화살 정도에는 눈도 끔쩍하지 않는 진짜 고수들이 분지에 있었다. 화살에 맞아 죽은 자들은 분지를 벗어나려 하다가도 천웅방의 화살에 죽겠지만 그들 고수들은 천웅방의 포위쯤은 단숨에 뚫어버릴 자들이었다.

도잠이 정말 싸우고 싶은 상대는 바로 그들이었다.

도잠은 피를 먹은 짐승처럼 적들을 노려보았다.

그의 몸에서 피어오르는 생생하고 흉흉한 살기는 적들을 넘어서 천웅방도들마저 몸이 저리게 만들었다.

요광이 중얼거리며 말했다.

"정말 피를 좋아하는 자군. 싸우면 싸울수록 힘이 더하고 있어."

　가끔 옛이야기 속에는 싸우면 싸울수록 힘이 더 강해지는 장수들이 있곤 했다. 하지만 현실에 그런 자가 있다는 것은 당황스럽기까지 했다.

　그런 적을 상대로 무공이 그보다 강하다고 해서 승리를 장담하는 것은 바로 저승을 구경하는 첩경이었다.

　도잠의 무공이 기괴하기는 하지만 요광을 비롯하여 그곳에 있는 자들 중에서 도잠보다 고수인 자가 십여 명이나 있었다.

　하지만 그런 그들도 도잠의 그런 이상한 능력을 알아보았기에 선뜻 나서지 못했다. 보는 것도 이상한데 직접 마주하면 더욱 이상할 것이 분명했다.

　요광은 위지결을 힐끔 보았다. 위지결은 아직 나설 뜻이 없어 보였다.

　요광이 위지결에게 말했다.

　"이번에 나한테 한번 양보해 줄 수 없겠는가?"

　위지결이 힐끔 눈을 던졌다.

　요광이 넌지시 말했다.

　"자네는 비급에 욕심이 없는지 몰라도 나는 다르네. 꼭 필요하이. 나를 방해하지 않고 보내준다면 훗날 자네와 마음껏 싸워주겠네."

　위지결은 입가에 보일 듯 말 듯한 미소를 지었다. 어림없다는 뜻이었다.

요광이 마지못한 듯이 다시 말했다.

"내가 자네 표적이 되어버렸다만, 사실은 내가 모시는 분은 자네가 더 흥미를 가질 만한 분일세. 싸움을 미뤄준다면 내가 그분을 만나게 해주겠네."

요광은 더 이상 양보하지 못한다는 듯이 품에서 까만 바둑알을 하나 꺼내서 위지결에게 던져 주며 말했다.

"그분은 남자가 아닐세. 하지만 재인(才人)이고 가인(佳人)이며 가히 여장부라 할 수 있는 분이지. 무공도 자네보다 못하지는 않을 걸세."

위지결은 바둑알을 검지와 무지로 잡고서 후회했다. 습관적으로 잡은 것이지만 마치 요광의 말에 응낙한 것처럼 되어버렸던 것이다.

강호의 늙은 생강 같은 자다. 위지결은 쓴웃음을 지었다.

바둑알에는 글자가 쓰여 있었는데, '천산(千山)'이라는 두 글자였다.

요광은 아무 일 없었다는 조금 큰 소리로 말했다.

"저들에게 있는 게 아귀와 활뿐이라고 누가 장담할 수 있는가? 다른 방수가 나왔으니 이제 다른 방법도 나오지 않을 거라고 자신할 자는 누구냐?"

"노부는 나부산(羅浮山) 채가장(采家莊)의 채준경(采俊景)이

오. 귀하는 누구시오?"

한 사람이 나서며 물었다.

요광이 껄껄 웃으며 말했다.

"대체로 신분을 짐작할 만하지만 서로 도적질하는 마당에 통성명이 무슨 소용이 있겠소?"

채준경이 함께 웃으며 말했다.

"그 한마디에 노부가 손해 보고 말았군. 그래, 귀하에게 저 혈귀를 상대할 무슨 고견이 있소?"

요광이 말했다.

"채 장주, 귀하의 삼십육 번익철편(幡翼鐵鞭)은 이미 강호에 일절로 이름을 날린 지 오래되었소. 굳이 아귀를 잡아 비급을 탐할 이유가 없을 듯싶소만."

채준경이 다시 한 번 껄껄 웃으며 말했다.

"귀하는 정말 노부를 아는군. 나는 이번에 인연이 닿는다면 손자를 위해서 비급을 얻어볼 생각으로 나섰네."

요광이 말했다.

"하긴 옳은 말이오. 강호에 비급이나 장보도가 출현했는데 나서지 않는다면 여기 있는 파검처럼 이미 절기를 이룬 기인이거나 아주 게을러서 피가 느리게 흐르는 자들뿐일 것이오."

"파검!"

채준경이 놀라며 소리쳤다.

하지만 고수들 중에서 그를 제외하고는 그다지 놀라는 사람이 없었다. 상당수가 파검 위지결을 알아보고 있었다는 말이다.

마치 천산갑(天山甲)을 연상시키는 갑옷을 입은 오탁탑(吳托塔)이라는 자가 불쑥 말했다.

"귀하의 말인즉 파검은 비급을 두고 다투지 않는다는 뜻이오?"

요광이 말했다.

"그렇소."

오탁탑이 믿지 못하고 소리쳤다.

"그럼 그가 뭣 하러 먼 길을 왔단 말이오?"

그의 어투에서 이미 파검을 아주 꺼리는 기색이 짙었다.

요광은 슬며시 웃으며 말했다.

"귀하와 같은 고수들을 시험해 보러 왔다고 하오. 파검, 그렇게 말하지 않았소?"

위지결은 요광이 하는 짓이 못마땅했지만 고개를 끄덕였다.

오탁탑의 안색이 어둠 속에서도 창백하게 변했다. 화살이 비 오듯 날아올 때도 갑옷을 믿고서 태연했던 그다.

파검 위지결의 이름은 스스로 고수입네 하는 사람들에게

는 가장 두려워지는 이름이었다.

엎어치나 매치나 아프기는 한가지다.

오탁탑이 말을 더듬었다.

"그… 그게 그거잖소."

그때 도잠이 세 명을 손으로 찔러 죽이고 한 명의 목을 뽑아서 꺾은 후 내던지고 있었다.

요광이 오탁탑의 말을 무시하고 느긋하게 웃으며 근처에 있는 사람들에게 말했다.

"이제 판을 한번 꾸며봅시다. 우리는 피를 보러 온 게 아니라 비급을 쫓아왔지 않소."

쌍차(雙叉)를 무기로 쓰는 풍초석(馮礎石)이라는 자가 말했다.

"무공으로 가려보자는 것이오?"

요광이 웃으며 말했다.

"꼭 우리끼리 싸울 필요는 없을 것 같소. 저 앞에 있는 혈귀를 거꾸러뜨리는 자가 우선권을 갖도록 합시다. 그가 저자를 이긴 후에 비급을 얻는다면 아무도 그를 방해하지 않기로."

도사 복장을 했으며 배가 불룩하니 나온 한 사람이 말했다.

"그가 실패한다면 누구든지 나설 수 있다는 이야기군."

요광이 말했다.

“율곡(栗谷) 도사님 말씀이 바로 내가 하고 싶던 그 말이오.”

율곡 도사가 냉소하며 말했다.

“켕기는 곳이 있는 모양이군.”

요광은 웃기만 했다.

율곡 도사의 말이 있기는 했지만 대부분의 사람들이 요광의 뜻에 수긍하는 듯했다. 강한 사람은 강한 대로, 상대적으로 약한 사람도 피를 먹는 괴물 같은 놈만 제거하면 되는 것이니 불리할 것이 없었다.

그들은 너 나 할 것 없이 느린 걸음으로 도잠과 영사가 있는 쪽으로 내려오기 시작했다.

도잠은 눈으로 흉포한 빛을 뿜으며 그들을 노려보았다.

영사는 자기를 향해서 몰려오는 강렬한 기세의 압박에 심장이 터질 듯이 뛰었다. 숨이 막히는 것 같고 금방이라도 기절을 할 것처럼 정신이 아찔아찔했다.

깜빡깜빡하는 듯도 하고 짜릿짜릿하며 신체의 어딘가가 옴찔옴찔하는 것도 같았으며 말로 형언할 수 없는 전율과 두려움과 쾌감이 폭풍처럼 밀려왔다.

영사는 소도를 뽑아서 손에 쥐고 그들 모두를 상대할 것처럼 우뚝 섰다.

그 순간에 세상의 모든 것을 다 잊었다.

심장에 칼이 박혀도 좋고 목이 순식간에 떨어져 거친 땅을 굴러간다 해도 좋았다. 죽고 사는 그 모든 것이 환희로 느껴졌다.

한데 어느 순간에 그 느낌은 갑자기 사라졌다.

영사는 정신이 번쩍 들었다. 계속 보고 있었는데도 다시 보니 사람들이 향하고 있는 곳은 자신이 아니라 그 앞쪽에 있는 도잠이었다.

심한 허탈감이 영사를 사로잡았다. 아주 분한 느낌이 들었다.

바로 그때였다.

"우오오오오오오!"

스스로 정신과 육체의 정점에 이른 도잠이 마치 사자처럼 포효했다.

공력이 아주 높은 것도 아니었지만 진정한 야수의 포효했다. 그는 마치 일찍 햇빛에 내놓아서 갈라 터지기 시작한 도자기처럼 적들의 살기를 마주하여 갈라 터지며 참모습을 드러내는 것처럼 보였다.

화염처럼 뿜어지는 도잠의 살기에 놀라서 십여 명이나 움찔거리며 물러섰다.

"크아!"

도잠이 포효 끝에 괴성을 질렀다.

영사는 그게 바로 사자후라고 느꼈다. 도잠은 사자후를 배우지도 않았겠지만 사자도 다만 포효할 뿐 사자후를 배웠던 것은 아니다.

다시 오륙 명이 공포에 짓눌려 물러섰다. 고수라고 자부하던 그들이었으나 이 순간 다리를 떨면서 거의 서 있지도 못했다.

도잠의 앞으로 다가오는 사람은 이제 율곡 도사와 요광, 채가장주 채준경, 그리고 위지결뿐이었다.

요광이 나서며 말했다.

"대략 정리가 되었군. 우리는 귀하에게 도전하고자 하네만."

"흐흐흐흐."

도잠이 입가로 웃음을 흘리며 허연 이빨을 드러냈다. 마치 맛난 음식을 보는 듯했다.

요광이 말했다.

"귀하가 진다면 아귀가 탈취한 비급을 내주겠는가?"

도잠이 눈을 번득거리며 말했다.

"흐흐. 무슨 미친 소리냐? 잡소리 말고 덤벼라."

요광이 한숨을 쉬면서 말했다.

"약속하지 않는다면 우리는 귀하를 죽이고 비급을 찾을 수밖에 없어."

도잠이 가당찮다는 듯이 웃음을 흘렸다.

채준경이 거두절미하고 나섰다.

"노부가 먼저 도전하지."

그가 자기의 독문 병기인 번익철편을 꺼냈다.

그의 번익철편은 길이가 열여덟 자인 가늘고 기다란 채찍인데 서른여섯 개의 삼각 깃발 모양의 얇은 철편이 매달려 있었다.

평소 그 쇠 깃발들은 채찍에 돌돌 감겨 있었지만 그가 공력을 주입하고 사용하기 시작하면 갑자기 채찍은 열여덟 쌍의 날개를 단 뱀처럼 변했다.

그리하여 번익철편은 허공에서 마치 신룡처럼 마음대로 날며 사방의 적을 상대할 수도 있었고, 적을 포위하여 단숨에 갈가리 찢어놓을 수도 있는 것이었다.

영사는 번익철편이 펼쳐지면서 허공에서 꿈틀거리는 것을 보았다. 강호에는 기이한 병기가 수도 없이 많다는 생각이 들었다.

도잠은 맨손이었다.

영사는 도잠에게 자기의 소도를 던져 주었다.

하지만 도잠은 보지도 않은 채 소도를 잡더니 다시 영사에게로 던졌다.

영사는 왼손으로 소도를 받았다. 그리곤 다시 오른손으로 옮겨서 도잠에게 던졌다.

도잠이 화난 표정으로 거칠게 소도를 돌려보냈다.

영사는 옆으로 한 걸음 물러서서 소도를 피했다.

소도가 바위를 뚫고 깊이 박혔다.

"한 번만!"

외치면서 영사는 소도를 뽑아서 도잠에게 던졌다.

도잠이 휙 돌아서 받으며 짐승처럼 으르렁거렸다.

"한 번만 더 던지면 죽여 버린다!"

영사는 히죽 웃으며 도잠이 던지는 소도를 받아 쥐었다.

순간 요광이 영사에게 고함쳤다.

"어린놈이 교활하구나!"

영사는 웃음을 멈추고 요광을 응시했다.

제23장

강호의 기남자(奇男子)들

요광이 소매로 가려진 영사의 왼손을 가리키며 말했다.

"채 장주, 귀하는 싸울 수 없게 되었소. 물러나는 게 좋을 것이오."

채준경이 잘못 들었나 싶어서 반문했다.

"갑자기 무슨 소리신가?"

요광이 영사에게 말했다.

"교활한 녀석, 네가 손에 숨긴 것이 청씨사남매가 아니라면 내 손에 장을 지져도 좋다."

"청씨사남매!"

채준경이 깜짝 놀라 삼십육 번익철편을 회수하며 급하게
물러섰다.

하지만 이미 공력이 떨어지고 있어서 철편이 통제를 잃고
그의 허벅지에 상처를 냈다.

청씨사남매의 산공독인 대남은 아주 묘한 약이라서 당한
후에도 공력을 사용하기까지는 당한 줄도 모른다. 공력을 끌
어올린 상태에서 당하게 되더라도 공력이 밑바닥부터 흩어지
기 때문에 끌어올린 공력이 무너지기 전까지는 당하더라도
쉽게 알아채지 못한다.

채준경이 탄식했다.

"청씨사남매를 이토록 공공연히 사용하다니. 아직 어린 사
람이."

비겁하다는 소리였다.

영사는 요광에게 순순히 고개를 끄덕이며 청씨사남매의
소녀를 보여주었다.

율곡 도사는 호흡을 끊고 멀찍하게 뒤로 물러난 상태였고,
요광은 희미하게 웃었다.

영사가 채준경에게 웃으며 말했다.

"드러내 놓고 도적질에 나선 것만큼 나쁜 것 같군요."

도잠은 영사가 왜 자기에게 자꾸 소도를 던졌는지를 알았
다. 영사는 칼자루에 해독약을 묻혀서 그가 칼을 받을 때마다

조금씩 냄새를 맡고 중독되지 않게 해주었던 것이다.

"쓸데없는 짓을!"

하고 말하며 도잠이 영사를 노려보았다.

채준경과 율곡 도사는 이미 공력이 흩어지기 시작한 후라 풀밭에 주저앉아 있었다.

요광이 큰 소리로 말했다.

"이 녀석! 나이도 어린놈이 여간 무섭지 않구나! 내 오늘 무슨 일이 있어도 네 녀석만큼은 혼을 내고야 말겠다!"

영사는 가슴을 펴고 요광에게 말했다.

"저한테 도전하는 건가요?"

요광이 '허!' 하며 어이없다는 표정을 지었고, 위지결이 자기도 모르게 웃음을 지었다.

영사가 차분하게 말했다.

"당신이 고수라면 저한테 결코 도전할 수 없어요."

"하하하하!"

요광은 기막혀서 큰 소리로 웃고 말았다. 그리고 차갑게 말했다.

"네가 천하제일인이라도 된단 말이냐? 어디, 내가 왜 도전할 수 없는지 한번 말해봐라!"

영사는 요광이 한 걸음 다가서자 뒤로 물러섰다.

"고수가 아니라면 도전할 수도 있어요."

요광의 미간이 꿈틀거렸다. 그는 세상에 이름이 알려진 자는 아니었지만 자기의 무공에 대한 자부심이 아주 높은 사람이었다.

"무슨 뚱딴지같은 소리냐?"

영사는 마치 비장의 무기를 꺼내듯이 웃으며 말했다.

"전 무공을 익히지 않았어요."

요광은 뒷골이 쩡! 하고 울리는 것 같았다. 자기도 모르게 반문했다.

"뭐?"

영사가 손을 내밀며 확인을 해줬다.

"무공을 익히지 않았다고요."

과연 다시 보니 영사의 몸에서는 한 줌의 공력도 느껴지지 않았다. 옆에 있는 도잠의 기이한 살기와 광기에 정신이 팔려서 영사는 자세히 살피지도 못했던 것이다.

영사가 무공을 익히지 않았다면 요광으로서는 정말 손을 쓰기가 곤란했다. 손을 쓴다고 해도 중하게 쓸 수가 없었다.

살아가면서 무공이 약하다고, 혹은 없다고 하는 자를 상대로 무공을 쓴다면 힘없는 자를 핍박하는 꼴이 되고 만다.

자기의 아랫사람을 부릴 수는 있어도 남을 그렇게 힘으로 핍박하는 것은 사파에 속하지 않은 사람들에게 익숙지 않은 일이었다.

"교활한 놈!"

요광이 눈을 가늘게 뜨며 말했다.

"당장 청씨사남매를 내놓고 사라져라!"

그때 도잠이 히죽 웃으며 말했다.

"크크. 그를 우습게 아는군. 나를 우습게 알다가 죽은 자도 수백 명이야."

요광이 도잠을 노려보았다.

도잠이 입을 크게 벌리고 웃으며 말했다.

"배불뚝이 당신은 우습게 보다가 그 녀석 손에 죽는 첫 번째 인간이 될 수도 있어."

도잠은 석옥의 대전 안에서 영사가 아귀를 먼저 죽였던 것을 모르고 있기에 그렇게 말했다.

"그 녀석은 나와 같은 종류니까."

말하면서 도잠이 늑대가 늑대를 돌아보는 듯이 영사를 눈으로 가리켰다.

그때 갑자기 위지결이 목이 쉰 듯한 소리로 나직하게 말했다.

"틀렸다."

도잠과 요광의 눈이 동시에 위지결에게로 향했다.

위지결은 영사를 보고 보일 듯 말 듯한 미소를 지으며 말했다.

"그는 나와 같은 부류다."

도잠이 살기를 폭풍처럼 피워 올렸다. 영사는 살을 엘 듯한 살기에 흥분하면서도 두 걸음을 물러섰다.

위지결은 도잠을 향해서 천천히 걸었다. 하지만 눈은 영사를 보고 있었다.

위지결은 중얼거리듯이, 마치 쇠가 긁히는 것 같은 음성으로 나직하게 말했다.

"피를 쫓는 자가 아니라 어디서든지 길을 찾는 부류지. 물러서라."

위지결의 '물러서라' 하는 말에 도잠과 요광이 동시에 한 걸음씩 물러섰다.

새벽안개가 주위로 깔리고 있었는데, 위지결의 몸에서는 새벽안개보다 더 짙은 안개가 피어오르고 있었다. 그가 스스로 창안한 무해공(霧海功)이 발휘된 것이었다.

영사는 머릿속으로 쐐아! 하는 바람 소리가 들리는 것 같았다. 위지결의 안개 속에서 도잠의 광포함과는 다른 종류의 순수한 살기가 느껴졌다.

도잠이 영사의 앞을 막으며 천지를 떨쳐 울릴 듯이 외쳤다.

"네 상대는 나다!"

하지만 위지결은 잘 나오지 않는 음성으로 나직하게 한 번 더 말했다.

“비켜라. 내 길을 막으면 벤다.”

위지결의 음성은 속삭이는 것 같았지만 도잠은 큰 충격을 받은 듯 중심을 잃고 뒷걸음질쳤다.

도잠의 살기가 통제를 잃고서 제멋대로 움직였다. 도잠의 몸이 벌벌 떨리고 있었다.

요광도 숨을 죽이며 물러났다.

“심검(心劍)… 인가? 파검, 내가 생각했던 것보다 훨씬……”

입술을 미미하게 움직이며 요광이 신음하듯 말했다.

도잠은 위지결이 내뿜는 안개의 영향력하에 있었다.

위지결은 무해공의 안개가 펼쳐진 범위 안에서는 의지에 살기를 실어서 심즉살(心卽殺)의 위력을 발휘할 수 있었다. 그보다 공력이 약한 도잠은 위지결의 의지에 저항하지 못했다.

요광이 위지결의 말에 따라서 물러섰던 것도 마찬가지 이유였다.

난생처음 느끼는 이상한 힘과 정신의 굴복에 도잠은 거의 공황 상태에 빠져 있었다. 세상을 핏빛으로 물들이기에 족할 듯 보였던 도잠은 입으로 피를 울컥 토하고 비칠거리며 물러났다.

그 정도가 도잠이 위지결 앞에서 보일 수 있는 능력의 전부였다.

도잠은 전신을 부르르 떨었다. 힘은 서서히 회복되고 있었지만 다시 위지결을 막아서거나 공격할 엄두는 내지 못했다.

영사는 위지결이 다가섬에 따라서 또 물러섰다. 금지의 네 건물을 에워싼 권환이 그의 발에 닿았다.

위지결이 거칠고 쉰 듯한 음성으로 말했다.

"나는 위지결이다. 강호에서는 파검이라고 불린다. 나를 통해서 네 능력의 끝을 확인해 보고 싶지 않은가?"

위지결은 고수들과 싸우면서 그들이 가진 모든 능력을 다 발휘하게 해왔던 사람이다.

하지만 방금 영사에게 말한 것처럼 직접적으로 제의한 적은 한 번도 없었다.

영사는 더 이상 물러서지 않고 위지결의 눈을 마주했다.

위지결의 얼굴도 안개에 가리어졌다 말았다 하고 있었다.

눈은 구름 속의 별이 보였다 말다 하는 것 같았다.

영사는 위지결의 감지 않고 깜박거리는 눈을 보면서 고개를 끄덕였다.

위지결이 또 입가에 희미한 미소를 지었다.

그의 손에 파검이 들렸다.

영사는 즉시 천지회전의 수법을 펼쳐서 몸을 옆으로 굴

렸다.

위지결은 더 이상 말이 없었다. 깨어진 그의 검이 대나무 그림자처럼 기척도 없이 영사를 공격하고 있었다.

영사는 천지회전과 반복, 앙복, 그리고 여러 가지 땅재주와 공중제비를 하면서 위지결의 검을 피했다.

위지결의 검은 딱 영사가 힘을 다해 피하지 않으면 안 될 정도로 빨랐고, 힘을 다하면 피할 수 있을 정도로 느리고 완만했다.

영사는 환기구 안에서 했던 것처럼 눕거나 엎드려서 몸을 이동하기도 하고 맴돌기도 했다.

위지결의 검은 영사의 몸놀림을 따라다녔고, 영사는 위지결의 검을 피해서 도망 다니며 자기가 알고 있는 모든 수단을 동원하여 몸의 길을 열었다.

그 순간은 아무것도 생각할 수 없었다. 영사는 자기가 자기 자신이 아니고 위지결의 검과 하나가 된 것 같은 착각 속에서 혼신의 힘을 다했다.

영사가 빨라지면 그만큼 위지결의 검도 빨라졌고, 위지결의 검이 기묘하게 움직이면 영사의 몸도 따라서 기묘하게 움직였다.

처음 시작할 때는 대수롭지 않은 듯 보였지만 시간이 갈수록 위지결과 영사는 빨라졌고, 영사의 목숨은 더더욱 흉험한 상황에서 절박한 몸짓을 따라오고 갔다.

너무도 아슬아슬한 상황이 끊어지지 않고 계속되고 있었다.

분지에 있는 사람들 모두가 숨을 죽이고 두 사람을 지켜보았다.

율곡 도사가 전음으로 채준경에게 물었다.

"채 장주는 저 아이의 무공이 뭔지 알아보시겠소?"

채준경은 머리를 흔들었다.

"장검을 가지고 있으면서도 뽑지 않고 피하기만 하는구려. 나는 알지 못하오. 저 아이는 무공을 익히지 않았다고 했는데 정말 교활하기 이를 데 없소. 장차 강호의 큰 해악이 되지 않을까 모르겠소."

율곡 도사는 채준경도 모르는구나 하고 안심하며 입을 다물었다.

영사는 연거푸 이어진 위지결의 검을 피하고 있었는데 온몸을 보이지 않는 무엇인가가 감싸고 지키는 것처럼 느껴졌다.

쓰러져도 누가 붙잡아 일으키는 것처럼 일어났고 엎드리면 누가 끌어주는 것처럼 저절로 이리저리 미끄러져 갔다.

괴이하기 짝이 없는 무공이었다.

채준경이 물었다.

“도사, 혹시 주술은 아니오?”

율곡 도사는 드러난 형상으로 보아 그럴지도 모르겠다고 생각했다. 하지만 그가 알고 있는 주술 중에는 영사가 움직이는 것처럼 해주는 것이 없었다. 있다는 말을 들어본 적도 없었다.

영사는 허공에서 세 번 돌아 땅에 내려섰다. 그때 다섯 자 밖으로 떼어났던 위지결의 검이 빨려드는 것처럼 날아와 영사의 가슴에 닿았다. 바람결에 낙엽이 날아와 벽에 달라붙는 것처럼 자연스럽고 당연히 그렇게 되어야 하는 것처럼 느껴지는 수법이었다.

영사는 꼼짝도 할 수 없었다. 펼쳤던 손도 수습하지 못하고 그대로 굳었다. 공격 한 번 해보지 못하고 피하기만 했지만 지금까지 버텼던 것도 기적에 가까운 일이었다.

“끝났군.”

요광이 멈췄던 숨을 토하며 말했다.

위지결이 방금 보인 모습이 그가 지난 삼 년 동안 숱한 고수들을 좌절시키고 절망에 빠뜨렸던 그 모습이었다.

재주를 다 하기 전에는 패배하지 않는다.

위지결과 싸웠던 자들이 공통으로 경험했던 일이다.

언제든지 덮쳐들 준비를 하고 있던 도잠도 위지결의 마지막 한 수에 숨이 막히는 듯이 침묵하고 있었다.

영사는 가슴에서 느껴지는 싸늘함에서 해방감을 느꼈다. 패하기는 했지만 있는 힘을 다하였기에 속에서는 싸우기 전과는 다른 종류의 희열이 피어오르고 있었다.

새벽 분지의 맑은 바람 속에는 피 냄새가 뒤섞여 있었지만 하늘은 맑았고 별도 많았다.

위지결의 깨어진 검과 하나가 되어 있던 마음은 넓어져서 이 세상으로 다시 돌아온 것 같았다.

위지결이 또 입가에 묘한 미소를 지었다. 만족스러운 것 같기도 하고 조롱하는 것처럼도 보였지만 영사는 개의치 않았다.

위지결에는 자기를 조롱해도 될 자격이 있다고 느껴졌다.

"당당하군."

위지결이 쉰 듯한 음성으로 말했다.

영사는 환하게 웃었다. 위지결의 말을 듣고서야 패하고도 당당할 수 있음을 느꼈다.

위지결은 뒤로 물러서면서 말했다.

"좋아, 이제 거기 있는 걸 사용해 봐라."

영사는 멈칫했다.

위지결의 검은 영사의 왼쪽 가슴을 가리키고 있었다.

영사는 싸늘하게 몸이 식는 것 같았다.

위지결이 가리킨 것은 영사의 심장이었고, 영사의 심장 속에는 사부가 전해준 징벌의 장미가 뿌리를 내는 중이었다. 사부가 전해준 무공을 날마다 마음속으로 연습했던 영사는 머 잖아서 장미의 뿌리가 완성되리라는 것을 느끼고 있었다.

위지결이 나직하게 말했다.

"심장에, 아니, 핏속에 내력을 축적하는 방법은 처음이다."

마치 귀에 대고 속삭이는 듯했다.

영사는 묵묵히 위지결을 보다가 말했다.

"이건 아직 쓸 수 없어요."

위지결은 진위를 파악하려는 듯이 영사의 눈을 응시했다. 그러다가 검을 갈무리하면서 말했다.

"그럼 후에 계속해 보도록 하지. 언제가 좋겠느냐?"

영사는 활짝 웃고 활기차게 말했다.

"칠 년 후!"

다시 위지결과 싸우는 것을 약속하는 중이었지만 기뻤다.

위지결은 고개를 끄덕였다. 입가에 짧은 미소를 지었다.

그리고 돌아서며 도잠에게 말했다.

"덤벼라."

음성이 탁하고 거칠었다. 영사를 대할 때와는 표정도 어딘지 모르게 달랐다.

도잠은 기다렸다는 듯이 두 손을 앞으로 내밀며 나섰다. 그의 얼굴에는 전과 다르게 필사적인 뭔가가 있었다.

영사가 소리쳤다.

"도잠 형, 멈춰요!"

도잠이 멈췄다.

영사가 말했다.

"옥윤 누나가 저를 보냈어요. 형 걱정 돼서요."

도잠은 묵묵히 영사를 노려보았다.

위지결도 영사를 못마땅한 듯이 보았다.

영사가 작은 소리로 도잠에게 말했다.

"형은 지금 저 사람과 싸우면 죽어요."

도잠은 여전히 입을 굳게 다문 채 영사를 보았다. 도잠도 위지결이 자기를 죽이려 한다는 것을 느끼고 있는 중이었다.

투쟁심이 속에서 들끓기는 했지만 도잠은 자기가 위지결을 이길 수 없다는 것을 본능적으로 알고 있었다.

그것은 무공의 고하 때문이 아니었다. 도잠은 위지결이 스스로 말한 대로 자기와는 또 다른 부류의 사람임을 느끼고 있었다.

하지만 위지결과 싸우지 않을 수 없는 상황이었다. 도잠은 죽을지라도 걸어오는 싸움을 피하는 사람이 아닌 까닭이었다.

어쩌면 그의 아내 이옥윤이 두려워하는 것도 도잠의 그런 면일지도 몰랐다.

영사가 위지결에게 말했다.

"도잠 형이 죽으면 전 저 사람들을 막을 수 없어요."

영사의 눈이 머문 곳에는 요광이 있었다.

도잠은 영사가 자기를 죽은 사람 취급하는 것에 분노하여 주먹을 불끈 쥐었지만 자기를 옥죄는 위지결의 기세에 얼굴만 실룩거렸다.

"저도 죽게 되겠죠."

영사가 단정적으로 말했다.

위지결은 영사를 쏘아보다가 천천히 몸을 돌렸다.

위지결의 기세가 폭풍처럼 강해졌다.

도잠은 무너지듯 그 자리에서 무릎을 꺾었다.

영사는 뒤로 넘어질 뻔했지만 몸이 저절로 중심을 잡아주었다.

위지결의 주변에 바람이 일고 간간이 손가락 크기만 한 푸른 번갯불이 번뜩였다. 머리카락은 높게 솟구치고 옷자락은 터질 듯이 펄럭거렸다.

처음에 위지결이 백운공을 깨뜨리고 만들었던 뇌운공에서 다시 만들었던 풍전공(風電功)이었다.

모든 사람들이 놀라서 위지결에게서 멀리 피했다.

위지결은 그 순간에 폭풍 속에 머리를 풀고 서 있는 귀신같아 보였다.

요광마저 경악하여 외쳤다.

“대체……!”

하지만 뒷말은 잇지도 못했다.

위지결은 목소리가 아닌 천리전음과 비슷한 수법으로 말을 하면서 분지를 나갔다. 비급을 얻는 자를 찾아가겠다는 일종의 선언이었다.

떠나는 위지결을 아무도 저지하지 못했다.

천응방의 숱한 방도들과 분지에서 살아남아 있던 고수들 모두 자기들이 목격한 사실에 충격을 받아서 머리가 굳어 버렸다.

영사도 예외는 아니었다.

위지결은 영사에게 사부 우전을 떠올리게 만들었다. 경천동지한 무공을 보였던 사부 우전이 아니라면 누구도 위지결의 상대가 될 수 없을 것 같았다.

비급에 어떤 무공이 있고 어떤 힘을 줄 수 있을지는 몰라도 위지결의 모습은 그보다 더 압도적일 것 같았다.

사람들이 한두 명씩 정신을 차리고 분지를 떠나기 시작했다. 간혹 천응방도들이 활을 쏘았지만 그 때문에 가지 못하거나 죽은 사람은 없었다.

채준경이 머리를 절레절레 흔들며 분지를 떠났다.

떠나는 그들에게 이미 위지결은 결코 넘볼 수 없는 존재가 되어 있었다.

영사는 위지결이 자신의 전설을 만든 현장에서 우두커니 서 있었다.

거의 모든 사람이 다 떠나갔다.

도잠은 짐승처럼 무릎을 꿇은 채 고개를 숙이고 있었다.

영사의 눈에 도잠은 위지결이 남겨놓은 구속에서 벗어나기 위해서 죽음보다 더 큰 저항을 하고 있는 듯이 보였다.

그러다 문득 멀지 않는 곳에 요광이 서 있는 게 보였다. 분지를 포위하고 있는 천응방 사람들을 제외하면 이제 외지인은 요광 한 사람밖에 없었다.

영사는 의아한 심정으로 속으로 자기에게 물었다.

'저 사람은 왜 가지 않았을까? 아직도 비급을 얻으면 파검을 이길 수 있다고 믿고 있는 것일까? 비급을 다 익히기도 전에 파검이 찾아갈 수도 있을 텐데.'

요광이 영사에게 다가오며 말했다.

"교활한 녀석아, 네겐 안된 일이지만 나는 다른 사람과 입장이 다르다."

영사는 도잠의 곁에 바짝 붙어서면서 소도를 거꾸로 잡았다. 요광의 무공이 위지결만큼 강할 것 같지는 않았지만 그도 무공이 대단한 사람일 것 같았다. 그는 아무도 알아차리지 못했던 청씨사남매의 독도 즉시 눈치챘던 사람이다.

요광이 말했다.

"내 사정을 말해서 아무 소용 없겠지. 하지만 네가 이 말을 그대로 따라 할 수 있다면 나는 돌아가서 자결을 해야 할지라도 그냥 가마."

여전히 도잠은 움직일 수 없는 상태였다.

영사는 침이 말랐다. 날은 거의 다 샜는데 밤사이에 힘을 너무나 많이 소모했다. 갑자기 목도 마르고 배도 고팠다. 정신을 모으고 있었으나 청씨사남매도 쓸 수 없으니 도저히 요광을 상대할 자신이 없었다.

그런 차에 요광의 말은 영사의 정신이 번쩍 들게 했다. 아무리 어려운 말이나 소리라도 영사는 다 따라 할 수 있었다. 다선루에 있을 때 매화는 온갖 짐승 소리와 바람 소리, 문이 삐꺽거리는 소리까지 다 낼 수 있었는데 영사도 그것을 배웠기 때문이다.

마음을 가라앉히며 일부러 웃는 얼굴을 짓고 말했다.

"말해보셔요."

요광이 입을 열고 아무 뜻도 없는 이상한 소리를 냈다.

"이어위애오유으여에아웨요우이."

영사는 바로 기억하고 머릿속에서 한 번 연습해 보고 난 후에 즉시 말했다.

"이어위애오유으여에아웨요우이."

한데 이마와 등줄기로 식은땀이 흘렀다. 이상하게도 소리가 잘 나오려 하지 않아서 죽을힘을 다해서 겨우 따라 할 수 있었다. 마지막에 '이'를 말할 때는 몸이 으슬으슬 떨렸다.

요광이 기다리고 있었다는 듯이 입을 오므렸다가 세 마디를 보탰다.

"이. 이. 이."

마치 어린아이에게 말을 가르치는 것 같았다.

영사는 자기도 모르게 따라서 소리를 냈다.

"이. 이."

두 번째 '이'를 말하는 순간이었다. 영사는 머릿속에서 팅! 하며 실이 끊어지는 소리를 들으면서 정신을 잃고 말았다.

순간 요광이 솔개처럼 영사를 낚아채서 허공으로 까마득히 치솟았다.

도잠이 뒤늦게 정신을 차리고 소리치며 영사의 발을 잡았지만 신발만 훌렁 벗겨졌다.

요광은 순식간에 사라지고 말았다.

"왁!"

도잠이 피를 토하고, 석옥에서 이옥윤과 곡언비가 달려나왔다.

제24장

말 위에서 혼자 가는 세상

영사는 물방울이 떨어지는 소리를 들으면서 눈을 떴다.

천장이 높은 동굴 속인데 입구로 희미하게 빛이 들어왔다. 사람의 기척은 느껴지지 않았다.

혈도가 제압되었는지 운신할 수 없었다.

영사는 누운 채로 천천히 제육장의 호흡을 시작했다.

호흡의 흐름을 따라서 혈도가 하나씩 풀어졌다.

제육장의 호흡에 이런 힘이 있음은 일 년 전 정홍수에게 제압당했을 때부터 알고 있었다.

영사는 다시 눈을 감았다.

누워 있는 김에 쉴 수 있는 만큼 쉬어서 몸을 회복하는 편이 나았다. 감은 눈 속에서 지난밤에 있었던 일들이 주마등처럼 흘러갔다.

'실수였어.'

영사는 속으로 말했다.

아귀의 말투가 이상했고 자기의 발음도 조금 이상해졌을 때 연관성을 찾아냈어야 옳았다.

영사가 생각하기에 아귀는 청씨사남매라는 독약을 가지고 있었지만 실상 자기도 모르는 사이에 다른 종류의 독약에 중독당해 있었던 것 같았다.

영사는 곰곰이 생각해 보았다.

아귀가 대전 안에서 숨어 있었던 곳은 환기구 속이었다. 아귀는 그곳에서 흐르는 바람에 산공독인 대남을 풀어서 칠각단의 고수들을 해칠 수 있었다.

'책!'

영사는 속으로 외쳤다.

아귀가 숨었던 환기구 속에서 영사가 발견했던 그 책이 화근이었다. 아직 비급인지 뭔지 확인해 보진 않았으나 그 외에는 의심할 만한 부분을 찾지 못했다.

어쩌면 아귀가 그 책을 품에 넣어두지 않고 환기통 깊숙한 곳에 숨겼던 이유가 자기의 중독을 알아챘기 때문일 수도 있었다.

독 때문에 일단 숨겼던 책을 영사가 발견하고 품에 넣었다면 스스로 중독을 자처한 것이나 다름없었다.

아주 이상한 독이었다. 발음을 이상하게 만들어 버리고 어떤 발음을 억지로 하게 되면 정신을 잃게 만드는 독이었다.

배불뚝이가 따라 해보라고 했을 때 그런 함정이 도사리고 있는 줄은 꿈에도 상상할 수 없었다. 역시 세상에는 쉬운 일이 없었다.

영사는 혈도를 완전히 다 푼 후에 몸을 일으켰다.

품이 가벼웠다. 한 치 두께의 책은 어디론가 사라지고 없었다.

손을 넣어 소지품을 모두 꺼내보았다.

사부가 남겼던 금낭과 신분을 나타내는 패옥은 그대로 있었다. 소도와 유월성이 단주에게 전해주라고 했지만 미처 전해주지 못했던 장검도 곁에 놓여 있었다. 다행이었다.

그러나 청씨사남매도 그 책과 함께 사라지고 없었다.

영사를 납치했던 배불뚝이고수도 보이지 않았다.

천천히 동굴을 나오니 호수 물이 발목까지 차서 찰랑거렸다. 섬이 많이 보였고 날은 완전히 밝아 있었는데 영사는 자기가 있는 곳이 어딘지 알 수 없었다.

영사는 한동안 호숫가를 걸어서 높은 곳으로 올라갔다. 크지 않은 섬이었는데 꼭대기는 높았다.

정상의 바위에 올라서 파양호를 둘러보며 영사는 오랜만에 높은 곳에 올랐음을 실감했다. 가슴이 탁 트였다.

한참을 앉아서 물과 하늘을 보다가 영사는 목소리가 제대로 나오는지를 시험해 보았다. 아무렇지도 않았다.

우울한 생각이 들어 슬픈 노래를 부르는데 작은 배 한 척이 쏜살같이 섬으로 다가왔다. 그러더니 한 사람이 뛰어내리며 소리쳤다.

"영사야!"

장탄개였다.

영사는 그와 함께 해어삼각주의 금지로 돌아갔다.

시간이 어떻게 지났는지 몰랐는데 납치되고 나서 이틀이 흐른 후였다. 그동안에 칠각단은 동원할 수 있는 모든 인원을 동원해서 영사를 찾았다.

고룡백은 금지의 네 건물 중 하나에서 몸을 돌보고 있는 중이었다.

영사가 유월성의 검을 건네주고 배불뚝이에게 제압당했던 일까지 이야기하자 옆에 있던 정홍수가 골똘히 생각하다가 말했다.

"그건 아마도 뇌에 작용하는 독이었을 거다. 사람의 머리에는 말하는 것과 연관 있는 장소가 있는데 그곳에 주로 작용하는 것이었을 거야."

생각해 보니 정홍수가 침으로 사람을 조종하는 방법도 그것과 유사한 데가 있었다.

영사는 그곳을 나와 다른 건물로 가서 쉬었다.

칠각단의 사람들은 정말 몸이 강한 이들이라서 죽을 줄 알았던 함현설도 기력을 회복하고 있었다. 하지만 그녀는 완전히 회복하더라도 허리를 일으킬 수 없는 상태였다.

영사가 걱정해 주는 말을 하자 함현설은 잘 나오지 않는 소리로 말했다.

"잘됐어. 곱사둥이하면 되지, 뭐. 우리 칠각단에는 곱사도 없는데."

원래 말을 함부로 하는 함현설이었다. 하지만 지금 하는 말은 억지로 하고 있었다.

"그냥 배역이라고 생각하면 좀 낫지 않겠어?"

말한 후에 함현설은 울음을 터뜨리고 말았다.

"젠장… 씨……. 이젠 시집가긴 다 틀렸잖아. 흑흑!"

영사는 색마 구양선이 갇혀 있는 곳으로 가서 그를 죽여 버렸다.

칠각단은 그렇게 파양호 중에서 여섯 달을 보냈다. 다시 유랑 천하로 나설 때 함현설은 결국 따라 나오지 못했다.

영사는 다들 떠날 것으로 예상했지만 칠각단과 계속 함께 했다.

칠각단에서는 아직 영사가 배울 것이 많았다. 화장을 하는 법은 물론이고 온갖 체술과 요술이며 동물과 기구를 다루는 묘기들도 재미있었다.

특히 영사는 무대를 설정하는 것과 연기하는 것에 공을 들였다.

칠각단은 새 연극을 올릴 때 단원들이 모두 의논해서 줄거리와 대사를 만들었는데, 배역의 비중은 그때 정해졌다. 좋은 생각과 대사를 말하고 이야기의 흐름을 주도적으로 이끄는 사람이 주인공이라고 할 수 있었다.

여자가 되어보기도 하고 노인이 되어보기도 하고, 장군이나 임금이 되어보기도 하면서 영사는 연극을 통해 인생을 배웠다.

무대 위에서는 연기라는 짧은 인생을 통해서 어떻게 살아가야 할지를 알아갔고, 무대 아래의 관객을 보면서는 그들을 읽고 움직이는 법을 체득해 갔다. 능청을 비롯하여 인간사의 모든 극적 요소에 눈을 떴다.

인생은 연극이고 세상은 무대와 다를 게 없었다.

칠각단은 비밀스런 일도 하고 도잠은 영사와 간혹 부딪치기도 했지만 영사는 그들의 일에 전혀 관여하지 않았고, 칠각단도 영사에게 다른 것을 요구하지 않았다.

그렇게 삼 년이 더 지나는 사이에 영사는 심장에 뿌리를 내린 징벌의 장미가 팔로 줄기를 뻗게 하는 데 성공했고, 사 년째 되는 해에는 마침내 손바닥에 장미꽃을 한 송이 피워 올릴 수 있게 되었다.
영사는 열여덟 살이 되었다.
키는 많이 자랐고, 항상 다듬은 얼굴은 준수하고 매력적이었다.

박춘은 자기 앞에 무릎을 꿇은 영사를 묵묵히 보았다. 언젠가 올 줄 알았지만 마침내 영사가 떠나려 하는 날이 온 것이다.
박춘은 사 년 전에 다리를 잃고 난 후에 난쟁이를 면했다. 대신에 두 팔로 걷는 앉은뱅이로 살아왔다.
대답을 못하고 영사를 미운 놈 보듯이 쏘아보고 있는데 연락을 받은 윗사람들이 천막으로 들어왔다.
장탄개와 반기정, 이옥윤 등 아랫사람들은 함께 들어오지 못하고 천막 밖에 머물렀다.
"떠난다고?"

태경이 물었다.

영사는 그에게도 절을 한 번 올렸다.

고룡백을 비롯한 모두에게 절을 하는 동안 아무도 입을 열지 않았다. 서로가 공유하지 못하는 부분이 있기는 했지만 그들과 영사는 오 년여 세월 동안 한가족이었다.

보내는 마음이 편할 리가 없었다.

고룡백이 물었다.

"어디로 갈 생각이냐?"

영사가 대답했다.

"한동안은 혼자 여기저기 다녀볼까 합니다."

금린이 안타까운 듯이 말했다.

"네가 가면 많이 보고 싶을 거다."

양지란이 불쑥 말했다.

"이놈아! 다시 한 번 생각해 보지 않을래?"

영사는 웃음으로 답을 대신했다.

양지란이 고개를 획 돌려 버렸다. 그녀도 가능할 거라 생각하고 던진 말은 아니었다.

정홍수와 유월성이 작별의 말을 건네고도 한참 후, 박춘은 영사가 마지막 인사를 하고 나올 때에야 겨우 한마디 던졌다.

"나쁜 놈."

영사가 천막에서 나오자 유월성은 따라 나오며 자기의 검을 영사에게 주며 말했다.

"단주와 다른 사람들도 허락한 일이다. 가져가도록 해라."

영사는 전날 유월성이 고룡백에게 그 검을 전달해 달라고 했던 것을 떠올리며 물었다.

"중요한 것이 아닙니까?"

유월성이 한숨을 쉬었다.

"중요하지. 하지만 너보다 중요할 것 같지는 않구나. 내가 요술을 하니까 안전하게 지닐 수 있다고 생각해서 맡고 있었지만 사실 단주가 가지고 있어야 할 물건 중 하나였다. 그가 믿을 수 있는 사람에게 하사할 때 쓰는."

유월성은 거기까지 말하고 입을 다물었다. 더 말하면 곤란한 점도 있었지만 믿지 못했기 때문에 인재는 잃어버리고 잃어버린 후에 오히려 신의의 증표인 검을 준다는 것처럼 바보짓은 없다는 생각이 들었기 때문이다.

영사는 검을 옷자락 사이에 품어서 숨긴 후에 기다리던 반기정과 장탄개 등에게 갔다.

그날 저녁 칠각단은 공연을 하지 않았다.

아랫사람들은 영사를 객점에 데려가 밤이 깊도록 술을 먹였다.

도잠은 객점에 오지 않았고, 이옥윤이 영사에게 아주 미안해했다.

영사는 대부분 취해서 쓰러졌을 때 객점을 나왔다.

달이 크고 밝았다.

천천히 걸어가는데 앞쪽에서 달을 등지고 누군가 말을 타고 걸어오고 있었다.

도잠이었다.

도잠은 영사 앞에서 말에서 내려 고삐를 건네주며 어깨를 두드렸다.

"또 보자."

"예."

영사는 웃으며 대답했다.

도잠이 객점으로 들어가다가 멈추고 말했다.

"나는 네가 나와 같은 줄 알았다. 생각해 보니 조금 다른 것 같다. 하지만 그 재수없는 녀석과도 넌 달라."

도잠이 말하는 재수없는 녀석은 파검 위지결이었다.

도잠은 객점 안으로 들어가 버렸다.

영사는 말을 뒤로 물려서 곧 열릴 성문으로 향했다.

성문 밖으로 나가면 거기부터가 영사 혼자 가는 세상이었다.

제25장

어느 곳에서든 이름을 바꾸지 않는다

칠 년 전의 만남은 사부 아닌 다른 이들과의 칠 년 후 이별로 매듭지어졌다. 영사의 나이 열여덟 살. 세월의 구비 속에서 삶이 영글어져 마침내 홀로 설 수 있게 되었다.

영사는 서쪽 성문을 제일 먼저 나와서 삼십 리를 간 후 우모산(牛毛山) 아래에서 등으로 일출을 맞았다.

도잠이 준 말은 훌륭했다. 이전에 그가 데리고 있던 말이 아닌 부루마[白馬]였다. 털빛이 눈처럼 흰 부루마는 밤에 보면 유령 같고 낮에 보면 백설 같다. 또 아침 햇살 속에서는 은색의 빛무리 같았다.

영사는 부루마에 태백(太白)이라는 이름을 지어주었다.

태백의 키는 높아서 안장이 영사가 선 것보다 위에 있었다. 마구 장식도 화려하고 아름다웠다. 도잠이 공연할 때 사용하는 마구를 금린 몰래 가져다 씌웠기 때문이다.

영사는 금린과 반기정이 동물들과 함께 재주를 보일 때 말은 역시 흰 말이어야 한다는 생각을 했었다.

그 생각을 반기정에게 말했는데 반기정은,

"왜?"

하고 물었다.

영사는,

"멋있잖아요."

하고 대답했었다.

갈색 털이나 검정 털을 가진 말에는 화려한 마구가 그다지 눈에 띄지 않기 때문이었다.

그 말이 도잠의 귀에까지 들어간 것 같았다, 눈처럼 흰 부루마를 가져다준 것을 보면.

영사는 우모산에 이르기까지 태백에게 이름을 불러주면서 길을 들였다. 항상 동료와는 호흡을 맞춰야 막상 중요한 대목에서 실수가 나오지 않는다.

영사는 금린과 반기정이 사용하는 방법으로 태백의 총명한 정도를 시험하고 달렸다가 멈추기를 반복하면서 태백의 힘과 성미를 확인했다.

태백은 눈치가 빨랐고 달리는 것을 좋아했다. 달리다가 영사가 멈추게 하면 투정을 부리기도 했다.

또한 성미가 대단하여 낯선 것을 보고서도 놀라지 않았다.

하루에 천 리를 달리는 준마인지 아닌지는 몰라도 훌륭한 말임에는 분명했다.

태백은 좋은 동료였다.

영사는 다음에 도잠을 만나면 무엇으로 답례를 해야 할까 생각했다. 도잠은 특별히 무기를 사용하지 않기 때문에 칼이나 검은 적합지 않았다. 술도 많이 마시는 편이 아니었다. 다만 도박을 좋아했다. 영사는 그에게 좋은 주사위를 선물해야겠다고 생각했다.

관도에는 사람들이 늘어나고 있었다.

태백을 타고 가는 영사의 모습은 군계일학이라서 모든 사람들이 구경하는 중이었다.

화려한 부루마에 역시 눈부신 흰옷을 입은 영준한 소년의 모습은 이야기 속에서나 나올 법했다.

말 등에 걸려 있는 한 자루의 고검도 사람들의 시선을 뺏기에 족했다. 이전에 거지로 살 때도 높은 곳에 올라가 사람들의 시선을 끌었던 영사이다. 무대에 섰던 여러 해 동안 쌓인 경험으로 영사는 사람들의 시선을 편안하게 받았다.

태백을 천천히 걷게 하여 가는 동안에는 같은 방향으로 가
는 사람들이 속도를 맞추어서 따라왔다.

하지만 누구도 말을 걸지는 않았다. 자기들끼리 주고받는
소리에 영사가 왕가의 자제거나 큰 귀족의 자식일지도 모른
다는 말들이 섞여 있었다.

사실과는 달랐지만 수도인 개봉에서 멀지 않은 곳이기에
그들의 추측도 일리는 있었다.

사람들과 말을 나누는 것도 좋고 조용히 혼자 가는 것도 좋
았다.

영사는 말 위에서 보이는 세상을 있는 그대로 완상(玩賞)했
다.

오늘을 계획하며 몇 년을 보냈다. 돈을 헛되게 쓰지 않고
모았고, 재주도 모자라지 않게 닦았으며, 마음은 큰일을 하기
에 족할 만큼 키웠다.

계획은 마음속에서 똬리를 틀었고, 이제 몸은 바야흐로 실
천의 길로 나섰다.

펼쳐 내야 할 포부가 우모산 아래의 누런 들판보다 더 컸
다.

객점에 이르러 아침을 먹고 영사는 태백에 박차를 가하여
서쪽으로 달렸다.

밤이면 쉬고 낮이면 달려서 아흐레가 되는 날 마침내 서안
에 이르렀다.

마침내 돌아온 것이었다. 오 년 만이었다.

칠각단은 이전에는 해마다 서안에 들렀지만 영사를 받아
들인 후로는 서안에 가지 않았다.

영사는 칠각단의 관 속에 숨어서 빠져나갔던 동문으로 부
루마 태백을 타고 들어갔다.

서안은 변한 것이 없었다. 여전히 거지들은 떼를 지어서 몰
려다니며 소리치고, 외성의 장인들과 상인들은 분주했으며,
여러 나라에서 온 이방인들의 모습도 많이 보였다.

당(唐)이 망하고 오대십국(五代十國)의 혼란기를 거쳐 송(宋)
이 들어선 후 당의 도읍이었던 서안이 쇠퇴했다지만 영사는
그 차이를 알지 못했다. 바깥에 나가서 듣기로도 여전히 서안
은 송의 도읍인 개봉과 더불어서 가장 번창한 도시였다.

말 그대로 금의환향한 영사를 알아보는 사람은 없었다. 영
사는 서안에서 유명한 거지였으나 어느 날 갑자기 사라졌고,
다시 나타나 천상선음이라는 소리를 들었으나 역시 갑자기
사라진 아이였다.

영사는 말을 탄 채 성안을 고루 돌아보다가 아버지와 함께
살았던 옛집으로 갔다. 이제는 지붕도 반 이상이 뚫렸고 기둥
은 쓰러질 듯이 기울어져 있었다. 마당에는 잡초가 무성하고

개똥은 촘촘하게 흩어져 발 디딜 곳도 마땅치 않았다.

안으로 들어가 살펴봐도 추억이 될 만한 것이 없다.

영사는 말머리를 돌려서 집을 나왔다.

특이한 영사의 모습에 마을 사람들이 수군거렸지만 영사는 그들에게 아는 척을 하지 않았다. 그들도 영사가 자기들이 알던 거지라고는 생각지 못하고 있었다.

"누구요?"

이웃에 살던 노인이 물었다.

영사는 말에서 내리지 않은 채 말했다.

"단영사입니다."

노인의 입이 크게 벌어졌다.

"단영사라고?"

사람들 사이에서 술렁거림이 일어났다.

"단영사래. 있잖아, 그 거지 애."

"어디서 죽었다더니."

"안 죽었나 봐."

아낙들이 주고받는 소리를 영사는 귓전으로 흘려보냈다. 그들에게는 영사가 아무리 좋은 말을 타고 좋은 옷을 입어도 여전히 거지새끼였다.

"출세했군."

노인이 조금 겁먹은 듯이 말했다.

영사는 슬쩍 웃고 대답하지 않았다.

영사의 모습은 마을 사람들이 다가가기에는 너무나 거리가 있었다. 그들의 마음속에는 여전히 영사가 거지였기 때문이다.

영사는 그들을 옛집과 함께 뒤로했다. 수군거리는 소리가 한참 동안 따라왔다.

오후가 늦은 시간이었다.

영사는 다선루로 갔다.

태백을 맡기고 넓은 큰 방으로 안내를 받았다.

"엄청 부잔가 봐."

"부자긴, 철없는 부잣집 도련님이겠지."

"그래도 모습이 아주 헌앙하던데."

다선루의 기녀인 정향(丁香)과 화연(譁然)이 복도를 걸으며 작은 소리로 말했다.

기녀원을 찾기에는 이른 시간에 들어온 손님이라 하릴없이 고개 빼고 있던 기녀들 중에는 그 손님을 본 애들이 여럿 되었다.

화연이 정향의 귀에 대고 말했다.

"그래도 젊은 놈이 대낮부터 이런 데 온다면 싹수가 노란 거야. 가산을 탕진할 게 분명하니까 힘 제대로 써봐야겠어."

정향이 소리 내지 않으려 애쓰며 끅끅 웃었다.

두 사람은 눈을 반짝인 후에 문을 열고 들어가 눈을 곱게 내리면서 인사했다.

"소녀 정향입니다."

"소녀 화연이라 합니다."

"저는……."

앞에 앉아 있던 소년이 웃으면서 말했다.

"영사입니다."

"상공을 모시게 되어서 기쁩니다."

화연이 머리를 들었다.

앞에 있던 소년이 웃으면서 말했다.

"화연 아씨와 정향 아씨, 오랜만이에요."

그제야 화연과 정향의 입이 딱 벌어졌다. 영사라는 이름을 들었지만 그녀들은 단영사를 떠올리지 못했던 것이다.

그러다 영사의 목소리와 어투를 다시 듣고 그가 누군지를 알았다.

정향이 화들짝 놀라서 문을 열고 고개를 내밀어 살피고 화연은 달려들어 영사의 입을 막았다.

영사는 창졸간에 당한 일이라 가만히 있었고, 정향과 화연도 바늘 떨어지는 기색이라도 들으려는 듯이 주변에 귀를 기울인 채 굳어 있었다.

정향이 문을 다시 닫으며 은밀한 소리로 말했다.

"아무도 없어."

"휴……."

화연이 한숨을 내쉬며 영사의 입을 막았던 손을 뗐다.

그런 후 정향과 함께 바짝 다가와서 영사의 얼굴을 보면서 물었다.

"정말 영사야?"

영사는 고개를 끄덕였다.

화연과 정향은 영사가 다선루에 있을 때 매화와 원원 다음으로 친하게 지내던 기녀들이었다.

정향이 화를 내면서 작은 소리로 말했다.

"죽고 싶어서 왔어? 네가 가고 난 후 여기가 발칵 뒤집혔단 말이야."

화연이 영사를 두둔하며 말했다.

"너무 뭐라 하지 마. 영사, 그래도 잘 자랐네. 몸도 건강해진 것 같고. 얼굴도 봐. 얼마나 잘생겼어."

정향이 화연을 쏘아보았다.

화연이 조금 미안한 듯이 말했다.

"그래도… 영사 네가 이름을 마구 밝힌 것은 좀 그렇다. 네가 말하지 않았으면 우리도 몰랐을 텐데."

화연은 '그래도' 라는 말을 자주 쓴다. 여전히 그 말버릇은 고쳐지지 않았다.

　영사가 웃으면서 말했다.

“전 어디에서도 이름을 안 바꿔요.”

정향이 표독스럽게 말했다.

“인마, 여기 있는 왈패들한테 맞아 죽어도 그럴 거냐?”

“예.”

영사가 웃으며 대답했다.

정향이 기막힌 듯이 쳐다보았다. 그러다가 분한 듯이 말했다.

“너, 여기서 뭔 일이 있었는지 모르지?”

영사가 고개를 끄덕였다.

“몰라요.”

정향이 말했다.

“여기 루주 그 돼지새끼가 독 먹고 죽은 후에 말이야, 우린 모두 죽을 뻔했어. 주방 식구들은 네가 남겨놓은 글 때문에 오히려 무사했지만 우린 달랐단 말이야.”

　영사는 그때 자기가 루주를 죽였다는 글을 써서 주방에 남겨놓았었다.

　정향이 이빨을 뿌득 갈았다.

　화연도 그때 생각이 나는지 한숨을 쉬면서 말했다.

　“우리는 발가벗겨진 채 열흘이나 고문을 당했어. 너하고 친했으니까. 아직 쓸 만한 몸뚱어리가 아니었으면 죽였을 거야."

　영사가 말했다.

　"미안해요."

　정향이 영사의 팔뚝을 꽉 꼬집고 비틀며 말했다.

　"미안하고 뭐고 간에, 이 자식아. 여긴 또 뭐 하러 돌아와? 너도 고추 달렸다고 오입하고 돌아다니는 거야?"

　영사는 팔을 내주고 아픈 척 눈물을 찔끔하며 말했다.

　"여기서 기업을 일으켜 보려고 왔어요."

　"뭐? 기업?"

　정향과 화연이 황당하여 되물었다.

　영사가 고개를 끄덕였다.

　화연이 물었다.

　"기녀원이라도 차리려고? 돈이 많이 필요할 텐데?"

　영사가 애매하게 웃으며 말했다.

　"제게 그런 돈은 없어요. 하지만……."

　화연이 아주 섭섭한 표정으로 영사의 옷을 만지며 말했다.

　"난 또 네가 돈 많이 벌어 와서 여길 사려는 줄 알았다. 그럼 우리도 좀 편해질 텐데."

　정향이 말했다.

　"이렇게 노닥거릴 시간 없어. 영사, 넌 빨리 여기서 나가. 네가 온 줄 알면 넌 죽어."

화연이 말했다.

"얘, 그래도 영사가 이렇게 왔는데 하루는 재워서 보내야지."

그때 다른 사람들의 발소리가 들렸다.

정향과 화연의 표정이 굳었다.

영사는 아무 일도 아니라는 듯이 자리 잡고 밖을 향해서 말했다.

"이제 들어와도 돼요."

'이제?'

속으로 반문하며 정향이 영사를 보았다.

영사가 입가에 보일 듯 말 듯한 미소를 짓고 있었다.

정향과 화연은 어리석지 않았다. 혹시 그녀들이 실수할까 싶어서 영사가 아예 사람들을 멀리 해놓고 기다렸다는 사실을 알았다.

"예, 공자님."

밖에서 대답 소리가 들렸다. 다선루에서 일하는 조방인 조이의 목소리였다.

문이 열리자 조이의 뒤에는 술과 요리를 받쳐 든 소녀들이 서 있었다.

다선루에서는 정식 기녀가 아니면서 음식을 나르는 일을 하는 이런 소녀들도 다수 있었다. 나이가 더 들면 그녀들은 창기가 되거나 주방에서 일을 하고, 드물긴 하지만 재수가 좋은 경우에는 기녀가 되는 경우도 있었다.

영사가 화연에게 말했다.

"미리 시켰어요."

조이는 요리를 다 차려놓고 더 필요한 것이 없는지를 물은 후 소녀들과 더불어 돌아갔다.

그의 발소리가 완전히 사라질 때까지 화연과 정향은 꿀 먹은 벙어리처럼 입을 다물고 있었다.

영사가 음식을 권하자 겨우 정향이 긴장 어린 음성으로 말했다.

"너 대체 어쩌려고 그래? 자칫하면 이번엔 우리 모두 죽어."

영사가 미안한 듯이 고개를 숙이고 말했다.

"그런 일은 없어요."

정향이 손으로 이마를 짚고 한숨을 쉬었다.

그때 화연이 영사의 곁에 놓인 검을 발견하고 작은 소리로 외쳤다.

"검이구나! 무공을 배웠니?"

그 소리에 정향도 눈을 번쩍 떴다.

"예."

대답을 한 영사는 정향이 입을 열려는 것을 막으면서 말을 이었다.

"도움을 받고 싶어요."

"뭐? 뭘?"

화연이 물었다.

영사가 말했다.

"저는 한동안 여기에 머물 거예요. 그러면서 사람을 구하려고 해요."

정향이 물었다.

"어떤 사람을?"

영사가 웃으며 말했다.

"아직은 나도 몰라요. 들어보고 구할 만한 사람을 찾아야죠."

"우리가 어떻게 해주면 되니?"

정향이 솔깃한 표정으로 다가앉으며 물었다.

영사가 말했다.

"사람들 이야기를 저한테 해주면 돼요. 여기서 손님들의 이야깃거리가 되었던 사람들 말이에요."

화연이 말했다.

"그래도… 온갖 사람들이 다 있는데."

영사가 손가락을 내밀면서 말했다.

"바로 그 사람들 이야기를 들으려고 해요."

"너, 별스럽다?"

화연이 이상한 듯이 영사를 보았다.

영사는 웃고 나서 거문고를 당겨 화연에게 안겼다.

"한동안 소리를 못 들었더니 귀가 막힌 것 같아요. 좀 들려 주세요."

화연이 현을 고르는 사이 정향은 옷고름을 매만지며 일어 났다.

"쳇, 이 녀석, 이젠 손님이라고 아예 우릴 끼고 놀려고 하 네?"

샐쭉한 표정으로 말하면서도 정향은 화연의 거문고에 맞 춰서 걸음을 옮겼다. 영사의 태도를 보고 걱정이 많이 가신 듯했다.

영사는 손으로 의자의 팔걸이를 두드리며 거문고의 장단 을 맞췄다.

화연의 거문고 연주가 짧게 끝이 나자 춤을 추던 정향이 노 래를 불렀다.

당 이후에 나타난 풍조인 인(引)이었다.

그대는 원래 왕공의 자손이었으니,

지금은 서민이지만 청고함이 있군요.

영웅의 할거는 옛 시절의 일이지만,

재덕의 아름다운 태는 오히려 지금이 나아 보여요.

글은 누구에게 배워 학문을 이루었나요?

부귀는 부운 같으나 장차 그대는 남훈전에 오르겠어요.

정향이 단청인을 바꾸어 부르는 노래였다. 그녀는 어떤 손님이 오든지 간에 여러 노래의 가사를 바꾸어 불러주어 즐겁게 해줄 줄 알았다.

영사는 그녀가 절묘하게 자기의 마음을 북돋우는 걸 듣고 웃음을 지었다.

영사는 두 여자와 함께 웃고 떠들면서 서로 술과 음식을 권하며 한참을 놀았다.

밤이 되어 등을 밝히게 되었을 때, 영사는 다선루에서 나와 고궁으로 갔다.

먼저 별의 무덤 속에 들어가 뼈만 남은 사부의 유골을 수습하여 자은사(慈恩寺)로 가져가서 시주하고 위패를 주며 의탁했다.

다선루로 돌아오는 길에 영사는 장락서로(長樂西路)에 있는 곽세광(郭世廣)의 집으로 찾아갔다. 시간이 적당했다.

방여해가 오 년 전에 영사가 푼 독을 먹고 죽어 지금은 그의 부하였던 곽세광이 방여해의 첩들까지 다 차지하고 다선루의 주인이 되어 있었다.

영사는 길가에 태백을 세워놓고 굳게 닫힌 문을 두드렸다.

"누구냐?"

거친 소리가 안에서 터져 나왔다. 대문을 지키다가 졸던 왈패였다.

영사는 검을 뽑으면서 나직하게 말했다.

"단영사입니다."

"어떤 시부럴 놈의 새끼가!"

욕지거리와 함께 대문 옆의 쪽문이 열렸다.

영사는 시커먼 대가리를 내미는 그놈의 면상을 손바닥으로 밀면서 들어갔다.

"억!"

그놈은 놀라 비명을 질렀지만 영사의 다른 손에 들린 새파란 장검이 자기의 배에 닿아 있자 찍소리도 하지 못했다.

영사는 뒷발질로 문을 닫고 왈패를 벽에 밀어붙였다.

"곽세광을 만나러 왔어요."

왈패가 눈알만 굴렸다.

영사는 검으로 왈패의 허벅지를 찔러 버렸다.

'으악!'

왈패는 비명을 질렀지만 소리가 입 밖으로 나오지 못했다. 영사의 손이 교묘하게 압박하여 그의 턱이 벌어지지 않은 까닭이었다.

왈패는 겁먹은 눈으로 영사의 시선을 피하며 눈치를 살폈다.

영사는 눈을 찌푸렸다. 겨우 문지기인 주제에 잔머리를 쓰는 놈이었다. 그러니까 밤이 아주 깊지도 않았는데 졸고 있었을 것이다.

영사는 그의 혈도를 짚어 쓰러뜨린 후에 발로 차서 문에 붙여놓았다.

안으로 걸어가니 몇 명의 파수꾼이 있었지만 경계다운 경계는 하지 않았다.

“거기 누구야?”

파수꾼들의 묻는 말에 영사는 순순히 자기의 이름을 댔다.

“단영사입니다.”

자세히 듣지 못한 자가 신경질을 부리며 말했다.

“뭐라는 거야?”

영사는 성큼 다가가며 그자의 볼을 양쪽에서 눌러 째보 입을 만들며 허벅지를 검으로 찔렀다.

근처에 있는 놈들이 펄쩍 뛰면서 칼을 잡았지만 휘둘러 보기도 전에 모두 입이 막히고 허벅지를 찔리고 말았다. 비명도 지르지 못하고 입을 딱 벌린 자들이 두려운 눈으로 영사를 보았다.

영사는 검에 묻은 피를 그들의 어깨에 문질러 닦았다. 새파란 칼날이 목을 스칠 듯이 흔들렸다.

영사가 말했다.

"곽세광을 만나러 왔어요."

영사의 말씨는 공손했지만 검이 두려워 그들 중 한 명이 몸을 떨면서 말했다.

"강호인이 왜… 두목을 만나려 하는 거요?"

영사가 그의 몸에서 검을 거두며 말했다.

"단영사가 몫을 받으러 왔다고 전해요. 그렇게 전하면 알 겁니다."

제26장

그때의 몫

곽세광은 자다가 일어나서 대청으로 달려나왔다. 소리쳐서 부하들을 불러 모았지만 힘을 쓰는 놈은 스무 명도 되지 않았다.

화가 나고 기막혀서 곽세광이 소리쳤다.

"그 잡종새끼가 진짜로 왔어?"

그는 아직 사십이 되지 않았고, 선천적으로 다혈질이었다.

다리를 다치고 한 발로 껑충거리며 뛰어왔던 부하가 고개를 연거푸 끄덕거렸다. 다른 놈들은 아직도 무슨 영문인지 몰라서 잠이 덜 깬 눈을 비비고 있었다.

영사는 그들이 모여 있는 대청 쪽으로 걸어가며 말했다.

"곽 대인, 제 몫을 받으러 왔습니다."

곽세광은 등불 멀리 보이는 영사를 보고 펄쩍 뛰며 고함쳤다.

"이 개새끼! 병신 새끼가 여기가 어디라고 와!"

그의 부하들이 우르르 달려나와 영사를 포위했다.

영사는 먼저 나온 세 놈의 허벅지를 단숨에 찔러 버렸다.

"으악!"

비명을 지르며 세 놈이 칼을 내던지고 주저앉았다. 번갯불 같은 칼솜씨라 곽세광은 제대로 보지도 못했다.

포위했던 놈들은 겁을 먹고 주춤거리며 물러섰다.

불한당의 칼질은 백이 되더라도 강호의 검객이 쓰는 한 칼을 당해내지 못한다.

영사가 화를 내면서 소리쳤다.

"곽 대인! 정말 이럴 건가요?"

곽세광이 일곱 자짜리 창을 들고 뛰어오다가 걸음을 멈췄다. 영사의 검법이 그로서는 생각할 수 없을 정도로 고절했다.

영사가 검을 늘어뜨린 채 자기를 쏘아보고 있었다.

곽세광은 자기도 모르게 한 걸음 물러서고 말았다. 오 년

전에는 얼굴에 핏기 하나 없이 새파랗던 병신새끼가 검객이
되어 앞에 서 있었다.

"씨부랄······."

곽세광이 욕을 했다. 하지만 영사에게 덤벼들지는 못했다.

"씨발새끼가 진짜로 제 몫을 챙기러 왔어. 씨발새끼가. 그
때 찾아서 죽여야 했는데, 씨발."

영사는 근처에 있는 곽세광의 부하들을 힐끗 본 후에 말했
다.

"좋게 이야기해서 끝내도록 해요. 곽 대인이 두목이 되고
방여해 첩들까지 다 챙긴 게 누구 덕분인지 생각해 보셔야
죠."

"알았다, 괴물 같은 씨발새끼야."

곽세광은 거칠게 욕하면서 부하들을 흩어버렸다.

영사는 검을 칼집에 넣었다.

곽세광이 앞서 걸으면서 연신 욕설을 내뱉었다. 하지만 그
는 글자도 읽고 쓸 줄 아는 자였다.

영사는 오 년 전에 다선루를 탈출할 계획을 세웠을 때 이미
그를 염두에 두고 그에게 다선루와 방여해의 사업채를 챙길
수 있는 방안을 편지로 알려주었다. 그 때문에 글을 알고 힘
도 세고 야심도 있었던 곽세광은 방여해의 심복이었던 총관
등을 제거하고 자기가 두목이 될 수 있었다.

영사는 그때 편지에도 자기 몫은 나중에 와서 받겠다고 분명히 적은 바 있었다. 하지만 곽세광은 영사가 다시 돌아올 거라고는 전혀 생각지도 않고 있었던 것이다.

곽세광은 화려하기만 한 서재로 영사를 데려갔다.

"독종새끼, 넌 내가 그저 먹은 줄 알겠지? 니미 씹이다. 새끼야, 열 번도 더 죽을 뻔했다, 새끼야."

영사가 참지 못하고 벌컥 소리쳤다.

"곽 두목! 문지기 놈하고 이야기할까!"

말투가 곽세광 못지않게 거칠었다.

곽세광이 입을 딱 다물었다. 그는 어리석은 자가 아니었다. 영사가 하는 말이 무슨 의미인지 알아들었다. 자기를 죽여 버리고 문지기를 하고 있는 홍공포란 놈을 두목으로 세우고 협상하겠다는 뜻이다.

앞에 있는 놈은 오 년 전에 그 무서운 방여해를 독살했던 놈이고 문지기를 하는 홍공포란 놈은 하도 잔머리가 잘 돌아가 일부러 곽세광이 문지기 노릇만 시키는 놈이었다.

말대로 되고도 남음이 있었다.

곽세광은 화를 죽이지 못하고 코로 황소같이 숨만 푹푹 뿜어댔다. 이윽고 그가 말했다.

"원하는 게 뭐냐?"

이제 곽세광도 서로 이야기할 준비가 되었다.

영사는 의자에 몸을 편안하게 기댔다.

"다선루입니다."

영사가 다시 공손하게 말했다.

곽세광이 입을 실룩거렸다.

그가 차지한 방여해의 재산은 많았다. 다선루는 그중 하나였다. 방여해가 살아 있을 때는 다선루의 수입이 가장 컸지만 곽세광이 주인이 된 뒤로는 점점 수입이 떨어져서 재미가 적었다.

그래서 곽세광은 다른 사업을 더 벌였고, 근자에 재미는 주로 그쪽에서 보고 있었다. 하지만 다선루도 큰 사업체인데 찍어서 달라고 하니 넘겨주고 싶지 않았다.

"그게 어떤 건지 알고, 머리에 피도 안 마른……."

구시렁거리다가 곽세광은 말끝을 흐렸다.

영사의 눈이 벼린 비수처럼 날카로웠기 때문이다.

곽세광이 오기가 받쳐서 말했다.

"기녀원이 한 사람 칼 들고 있다고 운영될 것 같나?"

영사가 의자의 팔걸이를 탁탁 두드렸다.

"줄 건지 말 건지만 말해주세요."

"안 주면?"

곽세광이 말을 끌었다.

영사가 입가에 미소를 지으며 말했다.

"주면 그냥 받고 안 주면 받아내야겠죠."

"개……."

내지르려던 욕이 나오다가 쑥 들어갔다.

동시에 영사의 눈에서 뻗쳐 나던 살기가 걷힌 듯이 사라졌다.

곽세광은 자기도 모르게 손이 떨렸다. 살기를 마음대로 다룬다는 고수는 그도 처음 보는데 눈앞의 영사가 바로 그런 자라고 느껴졌다.

마지못해서 곽세광은 억지로 쓴 계약서에 수결을 하고 영사에게 다선루의 문서를 건네주었다.

"이걸로 끝이다."

곽세광이 잡아먹을 듯이 쏘아보며 말했다.

영사는 머리를 저었다.

"아니."

곽세광의 손이 부들부들 떨렸다. 화가 나서 얼굴이 시뻘겋게 변했다. 그도 오기가 있는 자였다. 자존심도 아주 강했다.

영사가 품에서 필사한 책 한 권을 꺼내 밀면서 말했다.

"이걸 본 후에 끝일지 아닐지를 결정하는 게 어떨까?"

영사가 탁자에 놓은 책에는 '이십사식풍단창법(二十四式風斷槍法)' 이라는 제목이 붙어 있었다.

곽세광은 창술을 익힌 자였다. 빼앗듯이 받아서 넘겨보며
소리쳤다.

"이런 씨발!"

그가 받은 이십사식단풍창법은 지금은 사라졌지만 이전에
남쪽에서 이름을 날렸던 단풍혈(斷風血)이라는 단체를 대표
하는 무공이었으며, 지금도 강호에서 가장 고강한 세 가지 창
법 중의 하나로 알려져 있었다.

그들이 건재했을 당시 단풍혈은 강호에서 손꼽힐 정도로
강한 곳이었지만 어느 날 세상에서 사라져 버렸다. 그들이 깊
은 산속으로 숨었다는 말도 있었고 혈겁을 당해서 모두 죽었
다는 말도 있었다.

영사가 곽세광의 집에서 나올 때 곽세광은 대문까지 나와
서 떨떠름한 표정으로 배웅했다. 빼앗겨서 더럽고 얻어서 좋
은데 또 코가 꿴 것 같은 느낌마저 혼재하니 제 기분을 제가
몰라서였다.

태백은 영사가 원래 세워놓은 자리에 그대로 서 있었다. 하
지만 그 옆에는 굴러떨어지고 발에 채여 뻗어버린 도둑놈이
둘이나 쓰러져 있었다.

영사는 다선루로 돌아가서 몸을 씻고 누웠다.

서안으로 돌아온 첫날이지만 계획했던 일은 다 처리했다.

잠을 달게 잘 수 있을 것 같았다.

조금 누워 있으려니 화연이 찾아와서,

"애 하나 보내줄까?"

하고 물었다.

그런 결정은 그녀가 할 수 있는 일이 아니었다. 하지만 영사를 위해서 그녀가 영사보다 어린 기녀에게 부탁할 수는 있었다.

"괜찮아요."

영사는 말하고 웃었다.

"큭큭!"

화연이 눈꼬리를 접으며 말했다.

"부끄러워할 것 없어. 너도 다 컸는걸. 맘 있으면 사번 녹실에 들어가면 돼. 내가 부탁해 놨으니까."

영사는 그냥 머리를 긁었다.

화연은 더 권하지 않고 돌아갔다.

영사는 사번 녹실로 가지 않았다. 그도 이성을 품는 꿈을 꾸는 나이였지만 다선루의 기녀들은 영사가 아는 사람이나 모르는 사람이나 남 같지 않았기 때문이다.

아침이 되자 다선루가 발칵 뒤집어졌다. 영사가 주인이라는 사실이 곽세광의 부하를 통해서 알려진 때문이었다.

기녀들이 모조리 달려와 영사의 침실 앞에 서 있었다.

오 년 전 다선루에 있던 기녀들 중에서 영사와 사이가 나빴던 사람은 한 명도 없었다. 모두 영사의 노래를 듣기 위해 자기가 아는 것을 가르쳐 주고 선물도 교환하며 정이 들었던 사람들이다.

하지만 이제는 기뻐하면서도 영사를 꺼려했다. 영사가 이전처럼 대할 수 있는 신분이 아니기 때문이었다.

전날까지 함께 술을 마시고 심지어 꼬집어대기까지 했던 정향과 화연도 마찬가지였다.

영사는 아침부터 술판을 벌여서 그들 모두와 취하도록 마셨다. 그날은 다선루가 손님을 받지 않았지만 어느 때보다도 주악이 풍성하고 웃음소리가 높았다.

어젯밤에 사번 녹실에서 기다렸다는 서명이라는 기녀가 분한 듯이 푸념을 했다.

"이럴 줄 알았으면 기다릴 게 아니라 내가 가서 덮쳤으면 팔자 고치는 건데……."

"그럼 네가 마나님이 될 줄 알고?"

다른 기녀가 깔깔거렸다.

"지금보다는 낫겠지."

서명(瑞銘)이라는 그 기녀가 당차게 대꾸했다.

저녁때 정향이 와서 영사를 찾아왔다. 후원에 새로 정한 영
사의 방이었다. 정향은 벌써 술이 깬 후였다.

“너… 다선루를 어떻게 할 거니? 방여해나 곽세광처럼 할
거야?”

정향이 영사에게 물었다.

그런 후에 단호한 표정으로 영사의 답을 기다렸다.

영사는 고개를 흔들었다.

“그럴 생각 없어요. 값도 더 낮추고 더 많은 사람들이 올
수 있게 했으면 해요.”

“내 말은……”

정향이 말을 끊었다. 입술을 꽉 깨물었다가 숨을 한 번 돌
린 후에 그녀가 말했다.

“너도 우리 고름을 다 짜낼 거냐는 거야.”

영사는 머리를 저었다.

“그럴 리가 없잖아요.”

정향의 얼굴이 풀어졌다. 그리고 조심스럽게 말했다.

“그럼 애들 빚을 탕감해 줄 거니?”

정향이 온 이유는 그것 때문이었다. 그녀는 아무리 영사라
고 해도 일단 기루를 운영하는 데 맛을 들이고 나면 구습을
고치기 어려울 것이라 생각했던 것이다.

처음에 하지 않으면 이런 일은 이후에 기약하기가 어렵다.

호칭도 제대로 부르기 시작하면 말을 꺼내려 해도 꺼낼 수가 없다.

그래서 정향은 단단히 작정하고 있었다.

영사는 정향을 보다가 천천히 머리를 흔들었다.

"안 돼요."

정향의 얼굴이 다시 굳어지며 서늘한 빛을 띠었다.

영사가 말했다.

"빚을 탕감해 주는 건 문제가 아니에요. 하지만 기녀가 빚도 없이 기녀원에 있다면 손님께 뻣뻣하게 굴지 않겠어요?"

"하지만……."

반론을 하고자 했으나 정향은 말문이 탁 막혔다.

영사는 해가 진 저녁 하늘을 보고 있었다.

정향은 고개를 떨어뜨렸다.

기녀는 보통 사람들보다 배운 것이 많았다. 기녀원에 매인 몸임에도 기녀들끼리는 손님을 비웃고 조롱하는 것이 예사였다.

설혹 잘난 손님이 있다고 해도 더 잘난 손님이 있게 마련이고, 비교해서 욕할 만한 상대는 끊이지 않았다.

그런 기녀들이기에 빚이 없어지면 손님에게 비위가 상할 경우에 자리를 박차고 나갈 경우가 없을 거라 장담할 수 없었다.

영사는 어렸지만 기녀원과 기녀들에 대해서는 너무나 잘 알고 있었다. 섣불리 기대를 가졌던 것이 잘못이다.

정향은 쓸쓸하게 웃었다.

"안 되는구나."

그때 영사가 얼굴을 안으로 돌리며 말했다.

"하지만 나가서 다시는 화류계로 들어오지 않을 사람이라면 한번 생각해 보겠어요. 돌아갈 곳이 있는 사람들이 누군지 알려주세요. 또……."

정향의 얼굴이 활짝 펴졌다.

"정말?"

정향은 영사에게 얼굴을 가까이 가져가며 물었다.

"예."

영사는 약간 거리를 두고 말했다.

"할 수 있을 때까지 다선루에 있을 사람은 빚을 탕감해 줘도 괜찮겠지요. 이도저도 아닌 사람은 안 돼요."

정향은 영사의 말을 확인하듯이 물었다.

"그러면 네 말대로 그들이 교만해지지 않을까?"

영사가 웃으며 말했다.

"저는 도도해지기를 바라요. 도도한 여자는 멋있거든요."

정향이 기뻐서 영사의 목을 안으며 소리쳤다.

"우리가 임금처럼 너를 받들어 모실게!"

받들어 모신다.

역시 그녀는 영사가 어떤 말을 좋아하는지 알고 있었다.

방여해가 없는 다선루는 영사에게 가장 편안한 장소였
다.

영사가 웃음을 지었고, 이후 정향은 흡족해하면서 돌아갔
다.

영사는 그 다음날부터 청등과 홍등을 떼어버린 후 다선루
를 정비하기 시작했다. 이전부터 있었지만 희미해져 버렸던
술과 요리, 기녀들의 등급을 선명하게 하고 낮은 등급은 가격
을 훨씬 낮추고 높은 등급은 훨씬 높였다.

주방을 넓혔고 일꾼 숫자도 늘렸다. 그리고 나이 많은 기녀
들인 계월(桂月)과 진옥(眞玉), 그리고 춘현(春鉉)에게 장부를
나누어 맡기고 젊은 기녀들과 일꾼들을 관리하게 했다. 원래
는 곽세광의 패거리들이 하던 일이었다.

곽세광이 그사이에 얼굴을 한 번 밀었다.

"글쎄… 단 공자, 힘쓰는 애들 없이 괜찮을까?"

그답지 않게 점잖은 말로 걱정을 했다.

영사는 웃었다.

"곽 대인이 봐주면 되잖아요?"

"그러지."

곽세광은 고개를 끄덕이며 돌아갔다. 뭔가 생색을 내고 싶어서 왔던 것이다.

떠날 기녀들은 떠나고 남은 기녀들은 영사가 만든 규칙에 따라서 손님 맞는 연습을 단단히 했다.

낡은 단청은 새로 입혔고 이가 나간 그릇들은 모두 바꾸었다.

나무와 꽃을 사서 정원도 새로 꾸몄다.

한 달 동안 그렇게 영사는 다선루를 자기가 원하는 대로 바꾸는 데 전념했다.

새로 문을 열었을 때는 서리가 내린 후였다.

다선루가 대대적으로 수리했다는 소문이 났고, 사람들이 몰려들었다.

"미인들이 엄청나게 많다."

"요리도 아주 풍성해."

사람들의 평이었다.

영사는 나이 든 기녀들이 와서 전하는 말을 듣고 웃었다.

계월과 진옥, 춘현은 자기가 관리하는 젊은 기녀들이 들은 이야기를 모아서 영사에게 보고해야 하는 책임이 있었다. 영사가 원하는 것과 그날 보고하지 못하는 것은 글로 기록해 둬야 하기도 했다.

화연이 와 있다가 이상하다는 듯이 말했다.

"새로 들어온 사람도 없는데 왜 미인이 많다 하는지 모르겠어. 내가 다녀봐도 그렇게 보이는 것 같으니 영문을 더 모르겠어. 규칙 때문인 것 같기는 한데……."

영사는 웃기만 하고 대답해 주지 않았다.

이전부터 알던 기녀들은 영사를 조심스럽게 대하기는 했지만 호칭을 특별히 바꾸지는 않았다. 그것은 영사가 원한 바였다.

계월이 처음에 그래선 안 된다고 주장했지만 영사는,

"기녀원에서는 아무나 다 높은 대접을 받잖아요. 나는 그렇지 않은 데서 대접받고 싶어요."

하고 말했다.

결국 영사의 뜻대로 그렇게 되었다. 영사는 고작 기녀들에게 떠받쳐지는 것을 원치 않은 것이었다. 또한 자기의 근본을 잊고 싶지도 않았고, 그 시기를 함께 보낸 그녀들에게는 그럴 만한 자격이 있다고 생각했다.

단지 다른 사람들에게 칭할 필요가 있을 때는 단 공자라고 불렀고, 장난을 걸 때도 간혹 단 공자라는 말이 사용되었다.

영사가 볼 때 다선루에 대해서 그녀들에게는 그녀들대로 영사가 돌려줘야 할 몫이 있었는데, 호칭이나 관계 문제도 그녀들이 가져야 할 몫 중 하나였다.

그래도 기녀원에서는 기강이 엄해야 했는데, 정향은 영사에 대한 호칭 때문에 기강이 무너지지 않을까 염려했다.

영사는 그때,

"정향 아씨가 기강을 책임지면 되겠네요."

하고 말했다.

정향은 이후로 기녀들의 기율을 감독하는 일을 맡았다.

그녀가 어렴풋이 짐작이 가는 듯이 말했다.

"이건 아마도 각자가 맡은 일과 관련이 있을 것 같아."

나이 많은 계월도 생각했던 바가 있는지 말했다.

"어쩌면 입고 있는 옷과 연관이 있지 않나 싶어."

"좀 더 생각해 보세요."

영사는 마치 수수께끼를 내놓고 기다리는 사람처럼 말했다.

다들 생각하다가 제일 먼저 화연이 나가떨어졌다.

"아이고, 그래도 나는 모르겠다. 내가 왜 자꾸 별일도 없는데 여기저길 다녀야 하는지도 모르겠고."

약간의 투정도 섞인 말이었다.

영사가 장난처럼 말했다.

"화연 아씨가 예뻐서 그래요."

"뭐?"

화연이 놀라 반문했다.

정향이 말했다.

"빈말 같지 않네."

영사는 웃음기를 지우고 진중하게 말했다.

"다들 조금씩 맞아요. 각자가 맡은 일도 관련이 있고 입은 옷과도 연관이 있습니다."

계월과 나이 든 기녀들이 귀를 기울이며 영사의 말을 들었다.

영사는 얼굴이 예쁜 기녀들은 손님 속으로 많이 다니게 했고 몸매가 예쁜 여자들은 조금 멀리서 많이 다니게 했다. 그녀들은 맡은 일이 있기는 하지만 영사가 그녀들에게 시킨 것은 잘 보이는 장소로 많이 다니게 한 것이었다.

항상 손님들은 어디로 고개를 돌리더라도 예쁜 여자 서너 명과 날씬한 여자 서너 명을 보게 되는 꼴이었다.

자태가 그렇게 곱지 않은 여자들은 많이 움직이지 않았다. 말도 그녀들은 많이 하지 않았지만 화려하고 풍성한 옷을 입었다.

그렇게 해야 하는 것이 영사가 정했던 규칙 속에 포함되어 있었다. 행하는 사람은 영문을 모르고 했지만 효과는 영사가 원한 대로 나타났다.

화연이 별일도 없이 많이 걷는 것도 정말 그녀가 예쁘기 때문이었던 것이다.

영사의 이야기를 듣고 정향이 감탄하며 말했다.

"어떻게 그걸 다 알고 정할 수 있었어?"

"어려울 것 없어요. 제가 늘 하던 일이니까요."

영사는 웃으며 말했다.

"다선루 전체가 무대라고 생각하면 되는 일이었어요. 저는 배역을 나눠줬을 뿐이고요."

나이든 기녀들에게 장부를 맡긴다는 등의 여러 생각은 영사가 오래전에 해두었던 것이다. 그녀들은 글도 잘할 뿐 아니라 기녀원에 대해서도 속속들이 다 알고 있기 때문에 보통 서기들보다 일을 더 잘했다.

조금만 달리 생각해 보면 기녀들도 교육받은 인재들이었기에 영사는 그녀들에게 맞는 배역, 맞는 역할을 나누어준 것이었다.

그날 이야기는 그 정도로 그쳤지만 정향과 계월 등은 영사가 자기들이 생각했던 것보다 훨씬 뛰어난 사람인 것 같다고 느꼈다.

대충하는 듯하지만 말하고 행동하는 것이 어느 것이나 범상치 않았기에 마주 말을 할 때 더 조심했다.

영사가 볼 것이기에 행동거지에도 더 신경을 썼다.

기녀들 중에서 영사와 가깝고 우두머리 격인 그녀들의 행동은 다른 기녀들과 일꾼들에게도 좋은 영향을 미쳤다.

　동짓달이 끝나고 섣달에 접어들 무렵 다선루는 서안에 있
는 모든 기루들 중에서 가장 유명하고 손님이 많은 곳이 되
었다. 기녀들 중에서는 다선루의 기녀들 수입이 가장 좋았
다.

제27장

기인(奇人) 사냥—곤륜노(崑崙奴)

마음으로 몇 번이나 깡충거리며 뛰어보았는지 모른다.

영사는 다선루를 밟고 세상으로 껑충 뛰어나갈 생각이었다.

작은 세계를 벗어나 큰 세상을 무대로 하여 큰 공연을 해보고 싶었다.

이 무렵, 영사의 생각에 인생이란 자기가 정하고 자기가 연기하는 연극과 같았다.

오 년 동안 세상을 다녀보았지만 알게 된 것은 천하가 넓다는 사실뿐이었다.

눈을 감고 그 넓은 무대를 생각하면 절로 가슴이 뛰었다.

이 무대는 어느 한 사람이 처음부터 만들어놓은 것도 아니고 딱히 정해져 있는 것도 아니었다. 이미 무수한 사람들이 자기가 광대인 줄도 모르고 올라와 있는 무대였다.

눈이 내리고 있었는데 영사는 밤에 혼자서 정원으로 나와 걸었다. 기루의 창마다 불은 밝았고 웃음소리와 노랫소리는 눈님이 오시는 줄도 모르고 있었다.

눈이 오면 세상을 멀리서 보게 되어 좋았다. 그럴 때면 이전에 너무 가까워서 볼 수 없었던 것들이 보이기 시작한다.

서안으로 돌아오고 다선루에서 시작할 작정을 했던 것은 모두가 큰 무대에 나설 광대를 구하기 위해서였다.

강호라는 이름의 무대는 무리를 필요로 하고 있었다. 사부 우전의 원수인 동심원도 그런 무리 중 하나였고, 영사가 함께 했던 칠각단도 마찬가지였다.

세상은 너무 넓기에 한 사람이 아닌 한 무리가 움직일 때 비로소 요동칠 수 있다는 것이 영사의 생각이었다.

이런 것들을 영사는 칠각단에서 석진교 등과 함께 연극을 하면서 배우고 느꼈다.

"인생의 절정의 모습들이 연극이야."

석진교는 차가운 어조로 말하곤 했다.

연극에 등장하는 사람도 극적인 인물이고 그들이 만들어 가는 사건도 극적인 사건이니 석진교의 말은 옳았다.

영사는 그녀에게 연극을 배우면서 세상 사는 법을 정했다고 해도 과언이 아니었다.

기루에서는 이야기가 오고 간다.

고상한 음율 아래에 시와 글을 주고받는 것은 고상한 분들의 일이고 시중의 인물들은 요란한 음악과 더불어 사람 이야기를 나누면서 술잔을 채운다.

그들의 이야기에는 항상 화제가 되는 인물들이 있다. 재미난 사람이거나 별난 사람이거나, 아니면 별난 일을 겪은 사람들이 그런 화제의 인물이 된다.

한데 그 인물들 중에 기인이 있다.

영사는 기이한 면이나 우뚝한 면이 있는 사람이면 순탄치 못하게 산다고 생각했다.

그런 깨달음에 심오한 수양이 필요한 것도 아니었다. 옛 이야기 속에 나오는 모든 인물이 그러했다.

하다못해 길거리의 연애담을 들어봐도 인물값, 얼굴값 하는 이야기가 대부분이었다.

순탄치 못하게 살면 기묘한 사연을 만들고 간직하지 않을 수 없다.

영사가 기인을 구별하는 법은 바로 그러했다. 기묘한 사연을 가지고 기묘한 행동을 했으면 그가 바로 기인인 것이고, 기인이면 기이하고 우뚝한 면이 있는 것이 당연했다.

무대는 바로 그런 사람들이 서야 빛을 발하게 된다.

그들이 영사가 구하는 사람들이었다.

다선루가 있는 서안은 그런 사람들이 많은 곳이었다.

*　　　*　　　*

서안은 서역(西域)으로 가는 길목이었다.

상업은 번창했고 물류는 왕성했으며, 서역의 여러 인종도 많이 볼 수 있었다. 청진사(淸眞寺:이슬람교 사원) 주변에 가면 하얀 얼굴에 파란 눈을 가진 여자들이 흰 수건을 머리에 두르고 겨울에도 나풀거리는 옷을 입은 채 다니는 걸 구경할 수 있고, 북문 근처에서는 통칭하여 곤륜노(崑崙奴)라고 부르는 새까만 피부를 가진 사람들이 있었다.

거기 사는 그들이 노예는 아니었다. 하지만 피부가 까무잡잡하고 눈이 동그라면서 머리카락이 조금 부스스한 기운이 있는 사람은 다 곤륜노라 불렸다.

실제로는 곤륜산보다 훨씬 먼 곳에서 왔다는 소문도 있었는데, 그들이 원래 살던 곳은 흙도 검고 모든 것이 다 검다고 하니 그리 신뢰할 바는 못 되었다. 그들도 최소한 이빨과 눈자위는 하얀색이었고 손톱은 빨간색이었으니까.

영사는 거지였던 시절에 곤륜노를 종종 봤었다.

그들의 키는 대체로 작았지만 간혹 가다가 몹시 크고 힘이 센 사람도 있었다. 그들은 분명히 같은 사람들인데도 서로 다른 종류인 것처럼 보일 정도였다.

다선루를 간혹 찾는 곤륜노는 대체로 몸이 큰 사람들이었다.

먹고 마시고 떠들며 하급 기녀들을 데리고 노는데 말할 때 가까이서 보면 입 안이 너무 빨갛게 보여서 이상했다.

영사는 한 기녀에게 그들에 대해서 물어보았다.

"그 사람들 어때요?"

기녀로서는 이미 나이가 들어가고 있던 그녀가 이마를 짚으며 말했다.

"나쁘지 않아. 고추가 아주 크거든."

영사는 킥킥거리며 웃었다.

그녀도 영사가 물은 게 그게 아니라는 걸 알고 웃고 나서 말했다.

"미안. 그만 어젯밤 생각이 나버렸어. 호호! 그 사람들, 착해. 착한데… 그냥 착한 건 아니고 순진해. 그리고 머리가 좋아."

머리가 좋다는 말에 영사는 눈을 휘둥그레 떴다.

다른 기녀를 몇 명 불러서 물어봐도 비슷한 대답이었다.

"응, 개들 머리가 좋아. 힘도 좋고. 뭐냐 하면… 음… 완전 짐승이야."

"피부도 얼마나 매끄러운지 몰라. 착착 달라붙는 맛이 표범 가죽 같아."

그렇게 덧붙이는 기녀도 있었다.

영사는 그들이 성적(性的)으로 얼마나 여자들에게 매력이 있는지는 관심이 없었다.

"대체 그들이 어떻게 머리가 좋은지 말해봐요."

그렇게 묻자 한 기녀가 대답했다.

"개들, 이상한 글자를 알아. 그림 비슷하기도 하고 전자(篆字) 같기도 한 글자를 쓰고 읽을 수 있어. 또 숫자도 잘 계산하고 아는 게 아주 많아. 또 숫자라면 내가 마음속에 있는 것도 알아맞힐 수 있어."

"정말이야. 우리가 어떤 숫자를 생각해도 개들은 다 맞혀. 백발백중이야. 한 번도 틀리지 않아."

"신기하군요."

영사는 고개를 끄덕이며 말했다.

유월성은 요술을 잘했는데, 나중에 영사가 배우면서 알고 보니 기발하고 재미난 수법들이었지만 숙달되면 누구나 할 수 있는 것이었다.

특히 내공을 사용하게 되면 그가 펼치는 요술은 환상을 지어낼 수도 있었다.

하지만 유월성도 다른 사람의 마음속을 읽지는 못했다. 오히려 그런 쪽은 도사인 정홍수가 술법을 펼쳐서 어느 정도 하는 것 같았다.

하지만 곤륜노들이 했다는 것처럼 그냥 몇 마디 하면서 장난치듯 마음속을 읽는다는 것은 그도 불가능했다.

'만나보자.'

영사는 마음을 먹었다. 그것이 닷새 전이었다.

첫눈이 내리는 이날 밤이면 어두운 그들을 좀 더 자세히, 좀 더 멀리서 보고 잘 알 수 있을 것 같았다. 그리고 한 가지 처리해야 할 것 같다고 생각되는 일도 있었다.

영사는 마구간으로 가서 태백을 끌고 나왔다.

밤에 눈길을 달리는 것은 말의 발목을 부러뜨릴 수도 있기 때문에 위험한 일이었다.

하지만 영사는 속으로 '아름다운 밤이잖아? 나나 태백이나 어느 정도 위험은 감수해도 될 만큼 하얀 밤이잖아' 하면서 검을 말 등에 끌어매고 털모자를 눌러쓴 후에 조용히 밖으로 나왔다.

눈은 점점 짙어졌다. 도로변의 지붕은 눈이 쌓이기 시작하고 골목에는 버들 꽃가루가 한없이 나는 듯했다.

월월 하고 개 짖는 소리가 담장 안에서 들렸다.

한참 가서 마침내 눈에 덮인 담쟁이덩굴을 만났다. 그 뒤가 바로 당나라 시절에 만들어진 비림(碑林)이었다. 비림에는 수백 개의 비석이 있는데, 이는 모두 유명 인사들의 글과 글씨를 담고 있었다.

곤륜노들은 비림의 뒤쪽에 살았다.

영사는 비림을 지나서 곤륜노들의 장원으로 갈 생각이었다.

한데 뒤에서 그자의 음성이 들려온 것은 그때였다.

"이봐, 잠시 멈추지."

태백은 걸음을 멈추고, 영사는 눈 내리는 하늘에서 땅으로, 그리고 다시 뒤로 시선을 돌렸다.

제28장

좋은 그림 속의 남자

뒤쪽에서 십 장 정도의 거리를 두고 검은 인영이 눈 위에 서 있었다.

키가 자그마한 사람이 소매 속에 두 손을 끼운 채 걸어오고 있는데, 그 사람의 이마는 몹시 튀어나왔으며 나이는 삼십이 넘은 듯했고 머리카락은 땋아서 뒤로 늘어뜨리고 있었다. 친숙한 모습이었다. 지난 닷새 동안 다선루를 빙빙 돌면서 살폈던 자이기 때문이다.

'짱구머리.'

영사는 속으로 되뇌었다.

영사는 그 사람의 이름을 알지 못했기에 닷새 동안 그 사람에게 짱구머리라는 별명을 붙여놓고 있었다.

"귀하신 몸이 어디로 행차하는지는 몰라도 거기로 들어가면 곤란해. 특히 밤에는 말이야."

짱구머리가 말했다.

영사는 그의 돌출한 앞머리를 보면서 웃음 지으며 말했다.

"잘 따라오더니 모습을 드러냈군요. 누가 보냈는지 물어도 될까요?"

짱구머리가 웃으며 말했다.

"이래 봬도 비싼 몸이다. 순순히 말할 리가 없잖아?"

넉살이 좋은 사람이다. 몸에서는 막 떼어낸 돌조각처럼 거칠고 날카로운 기운이 뿜어져 나오고 있었지만 그 사이에 넉넉함이 있었다.

영사가 말했다.

"저 같으면 순순히 대답하겠어요."

"말하는 싸가지 하고는."

짱구머리가 싸늘한 표정을 지으며 웃고 말했다.

"함부로 까부니 아무래도 혼이 나야겠어."

영사가 피식 웃었다.

"항상 행동마다 이유를 대는군요."

"하하하하!"

짱구머리가 가슴을 들먹이며 웃고 말했다.

"그래야 혼이 나도 억울함이 좀 줄어들 테니까. 내 손에 잡히면 다 죽거든. 아직까지 아무도 내 손을 빠져나가지 못했어."

어투가 유쾌했다.

영사가 조용하게 말했다.

"나는 사냥하러 나왔어요."

짱구머리가 미소를 지으며 말했다.

"이거 재미난걸. 사냥하러 나오다가 딱 걸렸으니."

영사가 싱긋이 웃었다.

짱구머리도 영문을 모르면서 따라 웃었다.

영사가 말했다.

"당신이 첫 번째 사냥감입니다."

짱구머리가 놀란 듯이 눈을 둥그렇게 떴다.

"어럽쇼. 내가 있는 줄 알고 있었다?"

영사가 웃으며 말했다.

"닷새 동안 빙빙 돌고 있더군요."

짱구머리가 입맛을 쩍쩍 다셨다.

"계집 궁둥이만 만지고 있는 줄 알았는데 그걸 다 봤군. 내가 안 간 건 돈이 없어서가 아니고… 내가 분 냄새를 좀 싫어하거든. 사실 오늘……."

하는 순간 그의 몸이 공중으로 숫구쳐 올랐다. 눈이 회오리치고 그의 다리가 번갈아서 일곱 번 영사의 얼굴과 가슴을 쳤다. 마치 폭풍이 몰려오는 것처럼 세찼다.

영사는 고삐를 잡지 않은 왼손으로 그의 발을 모두 쳐냈다.

투다다다닥!

손과 발이 부딪치며 거센 소리를 냈다. 짱구머리는 공중에서 뒤로 돌아 원래의 위치에 내려섰다. 여전히 소매 속에 손을 넣은 채였다. 몸이 몹시 가벼워 깃털 같고 바람 같았다.

"…은 찾아갈 생각이었다. 한데 한 수가 있군. 내가 약하게 시작하기는 했지만."

짱구머리가 히죽 웃으며 말했다.

영사는 다짜고짜 말고삐를 당겼다. 태백이 짱구머리를 입으로 덥석 물었다.

짱구머리는 발로 태백의 머리를 차며 옆으로 물러섰다.

영사는 말 위에서 발을 뻗어서 그의 발을 막았다. 발과 발이 부딪치며 뻑 소리가 났다. 저릿하게 전해지는 충격에 몸이 쾌활하게 반응했다.

영사는 아직 크게 좋아할 때가 아니라 작게 웃음을 머금고 말했다.

"바로 그겁니다. 당신이 첫 번째 사냥감이 된 이유가. 나도 내 집에서 소란이 일어나는 걸 원치 않았으니까요."

짱구머리가 웃었다.

"머리도 쓸 줄 알고 제법 노강호인인 척하는데, 받아라!"

짱구머리는 다시 다섯 번 영사를 차고 네 번 태백을 찼다. 영사는 태백과 한 몸이 되어서 그의 다리를 모두 막고 피했다. 태백이 마치 무공을 익힌 고수 같았다. 어떻게 보면 말과 사람이 모두 유령인 듯도 느껴졌다.

짱구머리는 이번엔 좀 당황한 것 같았다. 다리에 실린 힘이 처음과 두 번째보다 훨씬 강했지만 아무런 성과를 얻지 못했을 뿐만 아니라 영사가 말과 함께 움직이는 재주가 절묘하다고 할 수밖에 없었기 때문이다.

말은 말이 아니라 영사의 신체 일부나 마찬가지였다.

"이거… 듣던 것과 다르잖아? 말을 기막히게 타는걸."

짱구머리가 감탄했다는 듯이, 억울하다는 듯이 말했다.

"너 진짜 다선루의 어린 녀석이 맞아?"

몰라서 묻는 말은 아니었다.

영사는 태백을 몰아서 다가가며 말했다.

"내가 누군지 알고 싶어요?"

짱구머리가 소매에서 손을 빼며 말했다.

"알고 싶은 건 아니고, 조금 알고 있지."

영사는 태백을 한 걸음 물러나게 하고 눈을 빛내며 물었다.

"당신이 누군지 말해요?"

짱구머리가 피식 웃으면서 말했다.

"이제 겨우 시작이다. 아직 이긴 척하기엔 일러. 하지만 이것은 말해주지. 천상선음, 방여해를 죽인 죗값을 받아야 하지 않나?"

영사는 눈을 찌푸렸다. 다선루와 곽세광의 식구가 아닌 자 중에도 영사가 천상선음이었다는 사실을 알아보는 자가 있다. 하지만 영사는 짱구머리가 기억에 없었다.

태백을 한 걸음 더 물러나게 했다.

"복수는 아닌 것 같고, 관인(官人)입니까?"

영사가 물었다.

짱구머리가 껄껄 웃었다.

"지은 죄가 무섭긴 무서운가 보군. 하지만 난 관인은 아니다. 가끔 관의 일을 대신해 주는 정도지."

영사가 머리를 끄덕이며 말했다.

"이제 알았어요. 당신은 필연생(必然生)이군요."

짱구머리가 한 번 더 웃었다.

"하하하하! 꼬마가 대단한걸. 나를 다 알고 있다니."

그의 성은 필(弼)이고 이름은 운(澐)이었으나 생사의 싸움에서 언제나 살아남았기 때문에 필연생(必然生)이라는 별명을 가지고 있었다.

영사가 들은 별난 사람들의 이야기에는 서안의 이상한 사람으로 필연생도 포함되어 있었다.

그는 자기의 말처럼 관리가 아니었지만 집안은 송의 태조 때부터 벼슬을 해왔다.

그래서 그는 그 인연으로 좋게 말하면 관부의 심부름꾼을 하고 나쁘게 말하면 범죄자를 잡아서 관의 작두 앞에 가져다 바치는 사냥개 일을 하면서 살았다.

영사는 그에 대한 이야기를 얼핏 들은 적이 있었다. 진옥이 들려준 이야기는 주로 그의 행적에 관한 것이었고 외모에 대한 것이 아니었기 때문에 직접 만나고도 알아보지 못했다.

필연생 필운은 최소한 서안에서는 함부로 대해서는 안 될 사람이라고 영사는 구분해 놓고 있었다.

영사가 신중하게 말했다.

"방여해는 죽어 마땅한 자가 아니었습니까?"

필운이 오만하게 말했다.

"그래도 네가 죽여야 할 자는 아니었지."

그 한마디에서도 서로가 바라보고 생각하는 길이 다르다는 것이 느껴졌다. 묻고 답하는 것은 의미가 없다.

영사는 더 말하고 싶지 않았다. 하지만 자기의 뜻은 밝히는 것이 옳았다. 말을 몰아가며 낮게 가라앉은 음성으로 말했다.

"당신도 방여해처럼 굴려고 하는군요."

필운은 몸을 날려서 영사의 앞쪽에 내려섰다.

영사는 무시하려는 듯 그의 옆으로 돌아가면서 말했다.

"나는 법을 모릅니다. 하지만 당신이 내가 죽여야 할 사람이 아니기를 빕니다."

죽였던 사람과 같은 행동을 하는 사람이라면 또 죽일 수 있다는 의미였다.

필운은 차가운 어조로 말했다.

"그새 내 별호를 잊은 모양이군."

영사는 말을 멈추고 그를 돌아보면서 나직하게 말했다.

"당신은 나를 몰라요. 알아서도 안 되죠. 만약 적으로 맞서서 내가 누군지 알면 당신은 죽어야 해요."

필운은 섬뜩한 살기에 주춤 물러섰다.

영사의 입가에 이상한 미소가 걸려 있었는데, 보면 볼수록 두려움을 주고 있었다. 필운은 전신이 경직되어 얼음이 깨어지는 듯이 징! 하는 것 같았다.

영사가 속삭이듯이 나직하게 말했다.

"법이 방여해에게 미치는 것은 그가 부자였기 때문이겠죠? 그런 이유에서라면 지금은 저도 부자예요. 당신은 개 작두에 제 목을 밀어 넣으려 하기 전에 방여해의 살아 있는 목을 잘라야 했어요. 이미 그는 죽은 지 오래니까 그를 다시 죽일 수는 없을 테고, 필연생 당신은 저를 벌할 수 없어요. 만약에 당신이 방여해를 일찍 죽였더라면 제가 그를 죽이지 않았어도 되었을 테니까요. 설마 방여해가 죽을죄를 짓지 않았다고는 생각지 않겠지요?"

어지럽게 흩날리던 눈이 눈 속으로 들어갔다.

필운은 눈을 몇 번이나 깜박거렸다.

영사의 말에 금방 대꾸할 수가 없었다.

영사의 이상한 미소에 어려 있는 살기에 굳어지고, 속삭이 듯 마음속으로 파고드는 그의 억지 같은 이론에 반박할 말을 찾지 못했다.

영사가 말했다.

"한결같이 하세요. 방여해를 죽이지 않고 놔뒀던 것처럼 저를 놔두든지, 저를 벌하겠다면 그전에 방여해를 살려서 다시 죽이든지. 당신이 그럴 수 없다면 제가 한결같을 수밖에 없어요."

영사는 말을 잠시 끊었다가 필운의 눈을 빤히 응시하면서 말했다.

"저는 억압하는 상대를 살려두지 않아요. 그게 방여해든 누구든 간에."

'이건 정신을 제압하는 사술의 일종이다.'

필운은 주먹을 불끈 쥐고 의지를 모아 겨우 말했다.

"우리는 법으로 처단할 수 없는 자만 하늘의 뜻에 맡긴다. 너는 순순히 나를 따라가는 것이 좋을 것이다."

억압이다.

함께 밥을 먹은 사이도 아니고 정을 주고받으며 긴 여정을 같이하지도 않은 자가 하는 억압이다.

영사는 속에서 불끈 치솟아 머리를 치는 살기에 따라서 발로 태백의 배를 차며 검을 뽑았다.

촤아아악!

검이 거칠게 뽑히며 칼집과 마찰하여 불꽃이 우수수 쏟아졌다. 태백이 껑충 뛰어서 필운을 덮쳤다.

필운은 경악하며 피했지만 영사의 검이 벌써 그의 목에 닿아 있었다.

필운은 영사의 미간에서 지렁이처럼 꿈틀거리는 살기에 자기도 모르게 몸을 부르르 떨었다. 영사의 입은 차갑게 다물려 있었는데 조금 전에 봤던 그 기이한 두려움을 뿜어내고 있었다.

필운은 그 순간 털끝 하나 꼼짝할 수 없었고, 영사도 움직이지 않았다. 단지 미간에서 일어난 살기만이 터질 듯이 꿈틀거렸다.

짧은 시간이 무한한 것처럼 지나갔다.

이윽고 영사는 검을 거두어들이고 말머리를 돌렸다.

필운은 뼈가 녹아버린 사람처럼 눈 위에 스르륵 주저앉았다. 얼이 빠져 버린 얼굴이었다. 몸은 공포로 잘게 떨고 있었다.

머릿속으로는 사신, 저승사자, 지옥나찰, 살귀, 마귀 따위
의 말들이 맴돌았다.

단영사는 담쟁이덩굴을 지나서 그가 막으려고 했던 비림
안으로 들어가고 있었다.

'베어야 했을까?'

영사는 비림으로 가는 도중에 필연생 필운을 계속 생각했
다. 말하는 것으로 봐서는 문무를 겸한 사람이었다. 그의 집
안과 그가 등에 업은 관부를 생각하면 앞으로 숱한 번거로움
을 주는 귀찮은 존재가 될 수도 있었다.

영사는 머리를 흔들었다.

그와 같은 인물은 주어진 관계가 아니라면 스스로 무리 지
을 수 없다. 무리 짓지 않으면 모든 개체 중에서 우뚝 서야만
하는데 홀로 우뚝하기에는 인물이 부족했다. 부족하기에 영
사의 사냥감이 될 만했지만 결국 영사의 첫 번째 사냥은 실패
였다.

'베어버려야 했을까?'

그런 점에서 영사는 다시 생각했다.

그리고 한 번만 더 같은 의문이 떠오른다면 돌아가서라도
베어버릴 작정이었다.

필운을 베지 않은 이유는 정말이지 영사가 생각해도 애매했다. 오히려 베지 않은 이유가 뭔지 잘 알 수 없었다.

발목까지 묻히는 눈에 깊은 발자국을 남기며 태백이 걸어가는 양쪽으로 허연 모자를 쓴 비석이 줄지어 서 있었다.

눈은 아직도 버들꽃이 날리듯이 짙었다.

그때 뒤에서 발소리 없이 바람 우는 소리가 휘이이잉! 하고 들렸다.

영사는 말 등에서 돌아보았다.

필운이 경신술을 펼쳐서 땅 위를 낮게 나는 야조처럼 달려오고 있었다.

영사는 왼손으로 고삐를 옮기면서 오른손의 소매를 거추장스럽지 않게 치웠다.

마음속에 먼저 결정을 맺었다.

죽인다.

필운이 허공에서 몇 번 재주를 넘은 후에 태백의 뒤에 내려섰다.

"왜 나를 베지 않았나?"

그가 물었다.

영사는 검을 잡아가던 손을 멈췄다.

마상에서 보는 눈이 고왔다.

영사는 눈 속에 서 있는 필운이 마치 그림 속에 들어가 있는 것처럼 느껴졌다. 말로 표현할 수는 없지만 그에게는 자연스러운 뭔가가 있었다. 필운의 생김새는 아름다운 구석이 조금도 없었지만 그가 있는 눈밭은 한 폭의 그림 같아 보였다. 그 때문이었다.

영사는 말고삐를 다시 추슬렀다.

"그림을 망치고 싶지 않아서."

중얼거리듯이 말했다.

필운은 묵묵히 서서 무슨 말인지를 곱씹어보는 듯하다가 알았다는 듯이 고개를 끄덕였다.

그리고 다시 가고 있는 영사의 뒤를 향해 망설이며 말했다.

"너를 가까이서 좀 지켜보면 안 되겠나?"

영사는 말을 멈췄다. 고개를 돌리지 않고 나직하게 말했다.

"아까는 안 됐지만 지금은 될 것 같습니다."

"하하하!"

큰 소리로 웃고 난 필운이 땋아서 뒤로 넘겼던 머리카락을 양손으로 잡더니 힘을 주어 끊었다.

한 주먹이나 되는 머리카락이 그의 손힘에 뚝! 소리를 내며 끊어졌다. 그 정도의 머리카락을 자르는 손힘이면 족히 삼천

근을 들고도 남음이 있었다.

영사는 필운이 휙 던져 주는 머리카락을 받았다.

필운이 말했다.

"한 번 목숨을 빚졌으니 곁에 있어도 해가 될 짓은 하지 않겠다는 증표네."

영사가 웃으며 물었다.

"그럼 저를 잡겠다는 생각은 바꾼 건가요?"

"내 재주로 감당하지 못하니 하늘에 맡겨야겠지."

하고 말하며 필운이 쓴웃음을 지었다.

그러더니 갑자기 표정을 굳히면서 작은 소리로 말했다.

"나는 그동안 정리할 게 있으니 사흘 후에 널 찾아가겠다. 그때까지 네가 살아 있다면 말이다. 너는 내가 왜 이곳으로 들어오기 전에 너를 잡으려 했는지 생각해 보는 게 좋을 것이다."

필운은 눈을 번쩍인 후에 몸을 허공으로 날리며 전음으로 말했다.

"지난 몇 년간 눈이 오는 날 밤에 여기 온 사람치고 살아나간 사람이 없다. 오늘 밤도 눈이 왔다. 게다가 근처의 공기도 심상치 않으니 너는 조심하는 게 좋을 거다."

그의 모습이 눈 속으로 사라졌다.

영사는 그가 쓴웃음을 지은 이유가 바로 그것임을 알았다.

"여기서 살아나면 더 이상 시비 걸지 않겠다는 말을 그런 식으로 하다니, 비림에 뭐가 있기는 있는 모양이네."

하고 영사가 중얼거렸다.

제29장

비림(碑林)의 하얀 처녀와 동심(同心)

영사는 비림을 통과하기 위해서 더 깊이 들어갔다. 태백의 말발굽이 눈을 찍는 소리만 고요한 밤에 비석 사이로 울렸다.

위험은 이미 다선루의 문을 나서기 전부터 각오했던 바다.

눈과 어둠이 서로 물들인 비림의 크고 작은 무수한 비석들은 괴이한 밤의 정취를 만들어냈다. 적막한 천지에 오직 영사 홀로 존재하는 것 같았고, 길도 시간도 영원히 끝나지 않을 것처럼 보였다.

한데 큰 비석 하나를 지났을 때 갑자기 영사는 자기의 왼쪽 귓가로 따뜻한 바람이 지나가는 것을 느꼈다.

얼핏 꽃향기를 맡은 것 같다고 생각했다. 하지만 무슨 꽃의 향기인지는 알 수 없었다. 고개를 두리번거리며 향기가 어디에서 오는지 찾았다.

이번에는 오른쪽 귓가로 따뜻한 바람이 느껴지고 동시에 꽃향기가 콧속으로 스며들었다. 영사는 숨을 크게 마셨다.

향기가 아주 묘했다. 폐부를 시원하게 하면서 정신을 쾌활하게 만들었다. 숨을 몇 번 더 마시자 전신이 따뜻해지고 가슴속에서 기쁨이 스멀스멀 연기처럼 피어오르기 시작했다.

차가운 눈이 포근해 보이며 사방은 밝아지고 온화하여 마치 햇살이 내리쬐는 나른한 봄날같이 느껴졌다.

문득 눈발 사이에서 옷자락이 나풀거리더니 하얀 옷을 입은 여자가 선녀처럼 허공에서 너울거리며 영사 쪽으로 날아왔다.

황금 비녀를 꽂은 머리카락은 새까맸는데, 얼굴은 눈보다 더 희고 커다란 눈은 어둠 속에서도 보석처럼 푸른색이었다. 왼손에는 금색과 은색의 줄무늬가 나란히 그려진 항아리를 안고 있었다.

태백은 아무것도 보지 못한 것처럼 걸었고, 영사는 눈을 크게 뜬 채 그 여자를 보았다. 여자의 얼굴은 사람의 얼굴이 아니었다.

영사는 다선루에서 적지 않은 여자들을 보았지만 너울대

며 날아오는 그 여자처럼 아름다운 여자는 보지 못했다.

이야기 속에서만 듣던 선녀였다.

선녀는 나비가 꽃을 맴돌 듯이 영사의 주위를 날아서 한 바퀴 맴돌더니 영사와 비슷한 높이의 허공에 멈추었다.

하지만 걸어가고 있는 태백과 선녀의 거리는 계속 그대로였다.

선녀가 하얀 이를 살짝 보이며 말했다.

"당신은 저를 보고도 놀라지 않는군요."

"놀랐어요."

영사가 나직하게 말했다.

선녀는 얼굴을 옆으로 돌려 눈을 흘기면서 말했다.

"놀란 얼굴이 아닌걸요. 당신 같은 사람은 처음이에요."

영사가 말했다.

"괜찮아요. 저도 당신 같은 선녀는 처음이에요. 놀라지 마세요."

선녀가 작은 입을 동그랗게 벌리고 놀란 표정을 지었다.

"당신은 무공이 고강한가요? 눈 오는 밤에 여기 들어오면 안 되는지 모르고 있었나요? 어쩜 그렇게 무모하지요? 나이도 어려 보이는 분이."

영사가 입가에 미소를 띠며 말했다.

"저는 죽음과 가까워요. 당신은 독(毒)과 가깝군요."

선녀의 몸짓이 굳어졌다. 품에 안은 항아리 곁으로 소맷자락이 펄럭거렸다.

영사가 말했다.

"당신이 무슨 일을 하든지 상관없어요. 저는 다만 여기를 지나가는 것뿐이니까요."

선녀가 빨간 입술을 깨물었다가 말했다.

"당신은 중독되지 않았어요?"

영사가 소곤거리듯이 말했다.

"선녀님, 이런 산공독은 내게 아무 소용이 없어요. 무서운 줄 이전에 알았으니까요."

선녀가 놀란 표정으로 더 물러났다.

영사는 웃음을 지었다.

칠각단의 고수들이 청씨사남매의 산공독인 대남에 중독되어 힘을 못 쓰는 것을 보았기 때문에 영사는 일찍부터 산공독에 대한 대책을 마련하고 있었다.

선녀는 영사를 노려보다가 한숨을 쉬고 가까이 날아와 속삭이듯 말했다.

"당신은 참 이상한 사람이군요. 저를 곤란하게 해요. 하지만 저는 당신을 죽이고 싶지 않아요. 여기서 돌아가세요. 대신 여기서 본 것을 말하면 안 돼요. 눈을 감고 나가면 괜찮을 거예요."

영사는 빙그레 웃고 말했다.

"나는 진짜 귀신과 강시도 보았습니다. 하지만 선녀님은 가짜군요."

선녀가 깜짝 놀라며 눈을 동그랗게 떴다.

"진짜 귀신과 강시를 보았다고요?"

영사가 말했다.

"그들과 함께 춤을 추기도 했습니다. 하지만 선녀님이 길을 막으면 싸워야 할 것 같군요."

선녀가 당혹스런 표정으로 물었다.

"귀신과 강시가 정말 있는가요?"

영사가 말했다.

"언젠가 기회가 되면 선녀님도 만나볼 수 있습니다."

선녀가 말했다.

"그럼 당신은 정말 저를 무서워하지 않는 거군요."

영사는 그녀를 보다가 작게 한숨을 내쉬었다.

선녀가 가까이 날아오며 물었다.

"왜 한숨은 쉬어요?"

영사가 약간 퉁명스럽게 말했다.

"선녀님은 제가 본 사람 중에 가장 아름답지만 멍청해서 그럽니다."

선녀가 고운 미간을 찌푸리며 말했다.

"전 가장 아름답지 않아요. 우리 육선녀 중에서는 강육매(姜六妹)가 최고예요. 그녀는 마치 보석 같죠. 그리고 제가 멍청하기는 하지만 면전에서 들으니 기분이 언짢군요."

영사는 말을 몰아서 걸어가고 있었다.

선녀는 화가 난 듯이 뾰로통한 표정으로 옆을 날면서 말했다.

"아무도 저에게 그렇게 말하고 살아남지 못했어요. 우리 자매들 외에는요. 항아리로 때려 버릴까 봐요."

영사는 그녀를 보지 않고 앞을 보며 말했다.

"거기엔 독이 들어 있는가요?"

선녀가 앞쪽으로 날면서 샐쭉한 표정을 짓고 말했다.

"말하고 싶지 않아요. 하지만 독은 아니에요."

영사는 그의 표정이 귀여워서 큰 소리로 웃었다.

"하하하하!"

한데 웃음소리가 나자 선녀가 놀라서 달려들어 영사의 입을 막았다. 항아리를 감은 손은 영사의 머리를 함께 안았다.

선녀가 주위를 살피며 긴장된 표정으로 말했다.

"정말 죽고 싶어요? 빨리 말을 달려 여기서 나가요. 다른 사람들이 오면 나도 어쩔 수 없으니까요."

영사는 그녀가 입을 막은 손을 떼자 웃음을 머금고 말했다.

"왜 나를 죽이지 않죠? 다른 사람처럼."

선녀가 눈을 흘기면서 말했다.

"당신이 좋아졌어요. 말도 멋있고… 나를 보자마자 요녀니 마녀니 하며 욕하지도 않았잖아요. 목소리도 좋고……. 어서 가세요."

영사가 물었다.

"다른 사람들이 오면 어떻게 말하려고 하죠?"

선녀는 태백의 고삐를 잡아당겨 방향을 바꾸더니 대뜸 궁둥이를 발로 찼다. 태백이 놀라서 펄쩍 뛰었다.

선녀가 손을 흔들며 말했다.

"빨리 가요. 나는 내가 웃은 척하겠어요."

하지만 태백은 영사가 부리기 전에는 달려가지 않았다.

영사가 물었다.

"어떻게요?"

선녀가 항아리를 가슴에 붙이며 하늘로 턱을 치켜들고 웃음소리를 냈다.

"호호호호!"

영사가 말했다.

"나는 '하하하하' 하고 웃었어요."

선녀가 재빨리 대답했다.

"나는 여자라서 그렇게 이렇게밖에 못 웃어요. 언니나 동생들이 따지면 자기들이 잘못 들은 거라고 우기면 돼요. 빨리

가요."

영사는 머리를 흔들고 또 말했다.

"말 발자국은 뭐라고 할 건가요?"

선녀가 말했다.

"주인 없는 말이 왔다가 돌아갔다고 할게요. 빨리 가요."

영사가 웃음이 나오려는 걸 참고 작은 소리로 말했다.

"저기 오는 사람들이 선녀님의 언니나 동생인가요?"

선녀는 얼마나 급해졌는지 영사를 끌어안다시피 하여 떠밀었다.

"어서, 여기 있으면 죽어요."

여자의 향기가 꽃향기와 함께 폐부 속으로 스며들었다.

영사가 말했다.

"고마워요. 하지만 전 지금 가봐야 할 데가 있답니다. 당장은 저기에 숨을게요."

선녀가 안타까운 듯이 팔을 오므리며 외쳤다.

"아이참! 바보같이 거기 숨어서 어떡하겠다는 거야!"

영사는 말을 몰아 길에서 벗어나 큰 비석 뒤로 갔다. 선녀가 그를 숨기려는 듯이 몸을 돌려서 가렸다.

그때 두 명의 선녀가 더 날아왔다. 그녀들도 여전히 금색과 은색의 줄이 그어진 항아리를 하나씩 안고 있었고, 긴 옷자락은 바람에 하느작거리고 있었다.

얼음을 조각한 듯 단정하고 차가운 표정이 그녀들의 얼굴
에 서려 있었지만 몹시 아름다웠다. 먼저 왔던 선녀와 같은
얼굴색인데 머리카락 색깔은 황금빛과 붉은빛이라서 더 이상
했다. 그러나 그녀들도 황금으로 만든 비녀를 꽂고 있어서 자
매라는 것을 짐작하게 했다.

"셋째 언니, 무슨 일이야?"

금발의 선녀가 말했다.

"응, 이렇게 웃어봤어."

영사와 함께 있던 선녀가 깜찍한 표정을 지으며 말했다.

"호호호호호!"

빨간 머리 선녀가 말했다.

"내가 들었던 소리는 '하하하하' 였어."

셋째라고 불린 선녀가 새치름하게 말했다.

"나는 그렇게 웃지 못해. 네가 잘못 들은 거야."

금발머리 선녀가 땅을 가리키며 소리쳤다.

"저 말발굽은 뭐야?"

셋째라는 선녀가 천연덕스럽게 말했다.

"어디, 난 아무것도 안 보이는걸."

금발의 선녀가 말했다.

"셋째 언니는 저게 안 보여? 저렇게 뚜렷한걸."

영사가 타고 온 태백의 발자국이 먼 곳에서부터 이어져 오

다가 그녀가 손으로 가리킨 곳에서 멈춰 있었다.

셋째라는 선녀는 큰 비석 뒤로 발자국이 이어지지 않은 것을 보고 놀라는 한편 기뻐하면서 말했다.

"눈 오는 날 여기에 사람이 올 리가 없잖아? 아마 주인 잃은 말이 왔다가 돌아갔을 거야."

하지만 빨간 머리 선녀는 벌써 발자국 앞에 땅을 딛고 내려섰다.

"이상해. 돌아간 발자국이 없어. 그리고 발자국이 깊어. 조금 전까지 여기에 있었던 게 틀림없어."

셋째라는 선녀가 약간 화를 내면서 말했다.

"그게 뭐 중요해? 큰 말이면 발자국이 오래 남아 있을 수도 있지. 또 우리처럼 날 수 있는 말이었을지 어떻게 알아?"

금발의 선녀가 한숨을 쉬면서 말했다.

"에휴! 셋째 언니 또 억지 부리네. 넷째 언니, 셋째 언니가 뭘 숨기고 있는 게 맞죠?"

셋째라는 선녀가 화들짝 놀라며 말했다.

"숨기긴 내가 뭘 숨겨? 난 아무것도 안 숨겨."

하지만 그녀는 팔을 활짝 펼쳐서 비석을 가리는 듯한 태도를 자기도 모르게 취하고 말았다.

넷째 언니인 빨간 머리가 단숨에 그녀를 휘익 날아 넘었다.

셋째 언니가 돌아서서 그녀의 어깨를 잡으며 외쳤다.

“어마! 안 돼! 거긴 아무도 없어!”

빨간 머리는 그녀의 손을 튕겨내며 비석 뒤로 돌아갔다.

셋째라는 선녀도 기를 쓰고 그녀를 따라갔다.

하지만 비석 뒤에는 아무것도 없었다. 무엇이 있었던 흔적도 없었다.

“아무도 없어.”

빨간 머리가 말했다.

“거봐! 아무도 없다니까!”

셋째라는 선녀가 소리치다가 자기의 입을 가리며 이상한 소리를 냈다.

“히익!”

“셋째 언니, 왜 그래?”

금발의 선녀가 물었다.

셋째라는 선녀는 손으로 입을 가린 채 갑자기 와들와들 떨었다.

“왜?”

빨간 머리 선녀가 물었다.

셋째라는 선녀가 떨면서 말했다.

“정말, 정말 아무도 없어.”

빨간 머리 선녀가 화난 듯이 말했다.

“언니, 대체 뭔 소릴 하는 거야, 바보같이?”

셋째가 손을 떨면서 말했다.

"분명히 저기로 갔는데……."

금발의 선녀가 긴장하며 날아올라서 주변을 살폈다. 하지만 길게 이어져 있다가 눈에 덮이고 있는 발자국 외에는 아무 이상한 점도 발견하지 못했다.

셋째라는 선녀가,

"그는… 그는……."

하고 말하다가 정신을 잃고 픽 쓰러졌다.

빨간 머리 선녀가 그녀를 받아 들고 금발의 선녀가 항아리를 대신 받아서 떨어지지 않게 했다.

금발의 선녀가 한숨을 쉬었다.

"어휴, 셋째 언니는 참……."

빨간 머리가 발자국에 눈을 주면서 말했다.

"누군가 들어왔어. 모두에게 알리고 조심하라고 해야겠어."

금발의 선녀가 고개를 끄덕였다.

빨간 머리는 즉시 기절한 선녀를 안은 채 날아올라서 눈이 날리는 허공 속으로 사라져 버렸다.

그 직후 또 다른 큰 비석 뒤에서 희끄무레한 그림자가 나타나 길 쪽으로 나왔다. 태백을 탄 영사였다.

한데 태백이 걸어가는 길에는 아무런 발자국도 남지 않았다. 경신술을 운용했던 것이다.

영사도 처음에는 자기가 태백과 일체가 된 후 경신술을 운용하는 것으로 답설무흔(踏雪無痕)의 묘를 발휘할 수 있을 것이라고는 생각지 않았다.

그것은 아주 약간 멍청한 듯한 그 선녀에게 떠밀리다 무심코 생각이 미쳐서 해본 것에 지나지 않았는데 정말로 된 것이다.

영사는 비석 뒤로 들어가서 그 이치를 곰곰이 생각하며 세 명의 가짜 선녀가 떠드는 동안 유령처럼 비석들 사이로 걸어보았다.

답설무흔의 경지이니 발소리를 내지 않는 것은 아무것도 아니었다.

하지만 영사는 말을 타고 답설무흔을 펼친다는 말을 들어본 적도 없었고 가능한지도 자기가 해보기 전에는 몰랐다.

이토록 쉬운 것이라면 많은 사람들이 사용하지 않을 까닭이 없었다.

한동안 생각한 후에 영사는 이것이 바로 용비등신의 비술과 연관이 있을 것이라는 확신을 얻었다.

태백을 완벽하게 통제하는 정도를 넘어서 마치 한 몸처럼 다룰 수 있게 된 것에는 칠각단에서 금린에게 배웠던 짐승 훈련 방법만이 전부가 아니었다.

영사는 단지 태백을 잘 훈련시키고 연습을 많이 했을 뿐인데, 태백은 마치 영사의 신체 일부인 것처럼 되어 있었다.

심지어 태백이 숨 쉬는 것과 심장 박동이 뛰는 것마저 영사의 뜻대로 할 수 있었고, 태백이 느끼는 것도 그것이 무엇이든 저절로 영사가 느낄 수 있었다.

이와 같은 것은 영사가 배운 범주에 있는 것이 아니었음에도 아무런 어려움 없이 이루어졌다. 그런 점에서 그것은 영사가 노래를 쉽게 할 수 있게 된 것과도 유사했다.

'원래는 내 것이었다' 라고 말하던 지존의 음성이 떠올랐다. 천지반복, 또는 용비등신을 두고 그가 하던 말이다.

영사는 두 번 만났던 그 거지노인이 동심원의 지존(至尊)임을 이후에야 알게 되었지만 그가 조금 이상한 상태에서 세상을 떠도는 것을 보고 사부의 흉수는 아닐 것이라 생각하고 있었다.

그 사이에는 내밀한 사연이 도사리고 있을 가능성이 많았다.

어쨌든 사부 우전의 염왕부나 지존의 동심원은 모두 사문에 속해 있었다.

영사는 자기가 배운 제육장의 호흡이 이상한 힘을 준 것처럼, 용비등신이 발휘하는 기묘한 능력에서 그것 역시 사문의 무공이 분명하다는 확신을 가졌다.

염왕부에서 가장 중요한 것이 제육장의 호흡이었던 것처럼, 용비등신은 어쩌면 동심원에서 제일 중요한 것으로 제 몇 장의 무엇 하는 식으로 이름이 붙어 있을 가능성도 있었다.

백설처럼 흰 태백은 흰옷을 입은 영사를 태우고서 눈 속에서 마치 유령처럼 소리없이, 발자국도 없이 걸었다.

영사는 태백을 내려다보면서 속으로 말했다.

'너와 내가 꼭 한마음인 것 같다.'

그러다가 문득 스치는 생각에 영사는,

"아!"

하고 탄성을 토해내고 말았다.

한마음! 그것이 바로 동심(同心)이 아니고 무엇인가?

동심(同心)과 동심(童心)은 소리도 똑같았다. 강호의 비밀 단체가 어린아이의 마음을 뜻하는 동심(童心)이라는 이름을 사용했다면 이것은 분명히 같다는 뜻의 동(同)을 피하기 위해서였을 것이다.

그리고 그것이 옳다면 '같다' 는 말은 동심원 무공의 궁극이고 시작이며 가장 중요한 비결일 가능성도 있었다.

용비등신, 또는 천지반복을 연습할 때도 영사는 무심코 서 있는 것과 누워 있는 것이 같고 하늘과 땅이 서로 같은 것처럼 느껴지곤 했다.

영사는 자기의 짐작이 사실로 느껴졌다. 기쁨보다도 머리와 등줄기로 식은땀이 솟았다. 머릿속에서 저절로 생각이 돌아가고 있었다.

영사가 '누웠다 일어나는 것이 용비등신이면 세상 사람들이 다 용비등신을 하는 게 아니냐?' 고 물었을 때, '네 녀석이 하는 것만 용비등신이다' 라고 말하던 지존의 심통 부리는 듯한 얼굴이 떠올랐다.

그때는 그의 말이 억지라고 생각했다. 하지만 영사가 다시 생각하니 그의 말은 억지가 아니고 정확한 말이었던 것 같다.

칠각단의 윗사람인 박춘은 말할 것도 없고 아랫사람인 함현설, 그리고 단원들 모두 누웠다 일어나는 연습을 가장 먼저 했던 사람들이지만 영사처럼 되지는 않았다.

'내가 제육장의 호흡을 익혔기 때문이야.'

영사는 속으로 말하며 놀란 가슴을 진정시켰다.

동심원에도 제육장과는 다르지만 비슷한 종류의 호흡법이 있을 것이다. 그리고 그것을 익힌 상태에서 천지반복을 하면 용비등신이 될 것이라고 영사는 추측할 수 있었다.

지존에게 친숙한 느낌이 들었던 것도 어쩌면 비슷한 호흡법을 익히고 있는 때문일 수도 있었다.

눈발이 흩날리고 있었지만 영사는 온몸으로 땀을 줄줄 흘렸다. 그것은 마치 외줄로 된 다리를 건넌 후 천길 벼랑을 내려다보면서 느끼는 것과 비슷한 무엇이었다.

살아온 날이 그러했다.

영사는 결코 밑을 보거나 옆으로 걸음하면 안 되겠다고 굳게 마음먹었다.

모르는 사이에 절벽을 건너왔듯이 모르는 사이에 벼랑 아래서 썩어버린 백골이 되지 않는다고는 아무도 장담하지 못할 일이었다.

제30장

보검보마(寶劍寶馬) 삼체동심(三體同心)

생각을 모두 수습하고 보니 비림의 후문이 보이고 있다. 곤륜노들의 장원까지는 이제 삼사 리 정도 남았다.

먼 곳에서 개 짖는 소리가 들렸다. 곤륜노들도 개를 키우는 모양이었다.

비림의 후문을 나섰지만 아무도 영사를 제지하지 않았다.

선녀들은 어디론가 가버린 모양이었다.

곤륜노들의 장원으로 가면서 영사는 태백과 함께 이체동심(二體同心)을 이루고 시험했다. 달려보고 뛰어보고, 솟구쳐 보기도 했다.

그러다가 곤륜노들의 장원을 바깥에서 돌면서 바위와 바위를 건너뛰고 때로는 태백으로 하여금 나뭇가지를 발로 차며 나무에서 나무로 움직이게도 했다.

눈 내리는 밤, 새까만 곤륜노들의 하얀 장원은 개 짖는 소리만 간혹 났고, 영사는 특이할 것도 없는 그들의 장원을 별난 방법으로 세 바퀴나 돌았다.

그들의 장원은 컸지만 여타 장원들과 다를 바가 없었다.

영사는 날을 잡아서 낮에 찾아와야겠다고 생각하며 돌아섰다.

태백은 원래 천리마가 아니었지만 지금의 영사를 태운 상태에서는 천리마가 가소로울 정도로 귀신같은 말이었다.

발자국을 찍지 않고 눈 위를 달려서 다시 비림으로 들어오는 데는 아주 짧은 시간이 걸렸을 뿐이다.

담장을 뛰어넘었고 작은 나무도 밟고 도약하며 달렸다. 날개는 없었지만 천마가 비상하는 모습이 따로 없었다.

자기가 가진 힘과 영사의 힘을 모두 사용할 수 있기 때문이었다.

자기가 할 수 있는 것을 안 태백은 달리고 싶어했고, 뛰고 싶어했으며, 날고 싶어했다.

영사는 태백의 갈기를 어루만져서 달랬다.

천천히 걸어도 태백의 걸음은 오만하고 힘이 넘쳤다. 뛰고 싶은 것을 주체하느라 폭발할 듯한 힘이 느껴졌다.

눈빛은 호랑이라도 잡아먹을 듯이 이글거렸다..

그때 영사는 뒹굴고 있는 항아리를 발견했다. 금색과 은색의 줄이 그어져 있는 항아리였다. 항아리에서 조금 떨어진 곳에는 금발의 선녀가 몸을 웅크리고 쓰러져 있었다. 영사가 비석 뒤에 숨어서 보았던 금발의 선녀였다.

"아!"

금발의 선녀가 신음 같은 비명을 질렀다. 일어나려고 했지만 그녀는 다시 쓰러졌다.

영사는 그녀의 앞으로 다가갔다.

금발의 선녀가 자기의 파란 눈과 같은 크기로 빨간 입술을 열어서 말했다.

"당신은… 셋째 언니가 말했던 그 유령 공자님이군요?"

말소리가 여리고 숨소리도 미약했다.

영사는 고개를 끄덕이고 말했다.

"다쳤군요."

금발의 선녀가 방긋 웃으며 말했다.

"당신은 적이 아닌 것 같았어요. 적이었다면 셋째 언니를 만나고 그냥 두지 않았겠죠."

적이 아닌 것 같다. 바꾸어 말하면 도움을 요청하는 말이었다.

그녀는 입가에서 피가 타고 흘러서 아름다운 얼굴이 아주 섬뜩하게 보였다. 열다섯 살이 되었을까 말까 한 얼굴이었다.

영사는 말에서 내려 그녀에게 다가갔다.

"도움이 필요한 것 같군요."

금발의 선녀가 수줍게 웃으며 말했다.

"감히 청하기는 어렵지만 그렇답니다."

입가에서 다시 피가 흘러 눈으로 떨어졌다. 내상이 심각했다.

영사는 그녀를 두 손으로 받쳐 안아 태백 위에 얹고 눈 위에 떨어진 항아리를 주워서 그녀에게 건네주었다.

금발의 선녀가 항아리에 손을 넣어서 무언가를 꺼내 입에 넣어 삼킨 후에 말했다.

"공자님의 은혜에 감사드립니다. 저는 차오매(車五妹)라고 불린답니다. 제일 먼저 보셨던 이는 셋째 언니인 조삼매(趙三妹)고 저와 함께 있던 언니는 동사매(董四妹)라고 합니다."

음성이 조금 나아졌다. 하지만,

"저를 율람장(律嵐莊)에 데려다 주시면 고맙겠어요."

하면서 울음을 참지 못하고 그녀는 '흑' 하고 울었다.

율람장은 영사가 방금 가서 맴돌았던 곤륜노들의 장원이었다. 서안에 살고 있는 사람들은 대부분 그곳을 곤륜노들의 장원이라고 부르지 율람장이라고는 부르지 않았다. 그래서 영사도 가까이 가서 현판을 본 후에야 그곳이 율람장이라는 사실을 알게 되었다.

한데 곤륜노도 아닌 하얀 소녀가 율람장으로 데려다 달라고 하니 이상했다.

금발의 선녀 차오매가 알아채고 말했다.

"저희는 율람장 사람은 아니에요. 하지만 그들은 우리와 관계가 있으니 도와줄 거예요. 저는 율람장으로 가서 도움을 청하려다가 내상을 견디지 못해 쓰러졌답니다."

그녀가 비림의 북문 근처에 쓰러져 있었던 이유는 그 때문이었다.

영사는 말 등에서 검을 잡으며 말했다.

"알겠습니다. 하지만 지금은 가기가 쉽지 않겠군요."

금발의 선녀 차오매가 몸을 부르르 떨었다.

휘휘휙!

바람 소리를 내면서 허공으로부터 검은 인영들이 태백의 근처로 떨어져 내렸다.

"조력자가 있었군!"

검은 그림자들 중 한 명이 소리쳤다.

차오매가 울 것 같은 표정으로 영사에게 말했다.

"공자님까지 위험하게 만들고 말았군요. 여기는 제가 맡을 테니 전력으로 빠져나가세요. 율람장으로만 가면 저들도 공자님을 괴롭히지는 못할 거예요."

영사는 손을 뒤로 뻗어서 막 날아오르려는 차오매의 손목
을 잡았다.

"가만히 있어요."

차오매가 흠칫했다.

영사는 나타난 흑의인들을 고개를 움직이지 않은 채 훑어
보며 차오매에게 작은 소리로 말했다.

"선녀님은 저들에 대해서 말해줄 수 있어요?"

차오매가 머뭇거리며 말했다.

"많이 알진 못해요. 저들은 아주… 무서운 사람들이에요."

흑의인 중에서 폭이 좁은 도를 가진 중년인이 소리쳤다.

"요녀(妖女)! 알기는 아는구나! 냉큼 목숨을 바쳐라!"

요녀라는 소리에 차오매의 입매가 굳어지며 떨렸다. 분노
가 치밀어 눈에 살기가 어렸다.

그때 영사가 검을 조금 뽑으면서 나직하게 말했다.

"당신들은 내가 싸워야 할 사람인 것 같습니다."

중년인이 차갑게 말했다.

"어린놈이 요녀의 미색에 빠졌구나. 요도(妖道)의 무리가
아니라면 즉시 꺼져라. 그러면 목숨을 살려주마."

영사는 입가로 희미한 웃음을 지으며 검을 마저 뽑았다. 유
월성에게 받았던 보검이 눈빛을 비춰서 푸르스름한 검기를

흘렀다.

세상에 보기 드문 보검이었다. 중년인을 비롯한 흑의인들이 영사의 보검에서 뻗치는 한기에 놀라 물러섰다.

"예사 놈이 아니구나! 네놈은 누구냐?!"

중년인이 소리쳤다.

숫자는 중년인을 포함에서 일곱 명. 영사는 보검을 옆으로 늘어뜨린 채 말했다.

"당신이 우두머리입니까?"

중년인은 어리둥절한 표정을 지었다.

영사가 나직하게 말했다.

"단지 확인이었습니다. 혹시 총순찰이 오지 않았을까 싶어서요."

중년인이 깜짝 놀라며 소리쳤다.

"네가 어떻게……."

영사는 머리를 끄덕이며 말했다.

"나인채, 그녀가 아직도 총순찰이겠지요?"

중년인은 말을 더듬었다.

"넌 어떻게 총순찰님을 아느냐? 그분과 아는 사이냐?"

영사가 웃음을 지으며 부드럽게 물었다.

"그녀는 여기에 있습니까?"

중년인은 그제야 정신이 든 듯 머리를 흔들고 큰 소리로 외쳤다.

"요사한 놈! 사술을 쓰다니! 너도 요도의 무리구나!"

영사는 암울한 눈빛으로 하늘을 쳐다보았다. 가슴속에서 뜨거운 거품이 부글부글 끓어오르고 있었다.

영사가 나직한 음성으로 중얼거렸다.

"저들을 찾았습니다, 사부님. 제자 영사가 사부님 영전에 첫 번째 피를 바칩니다. 복수의 쾌감을 흠향하십시오."

영사의 말소리가 낮게 나는 호박벌 소리처럼 윙윙거리며 그곳에 있는 모든 사람들의 귓속으로 스며들었다.

중년인이 도를 치켜들면서 소리 질렀다.

"막아라!"

한마디 비명 같았다.

태백이 질풍처럼 내달리고 영사의 검은 밤과 눈과 허공과 사람의 목을 푸른빛으로 갈랐다.

비명도 없이 흑의인 한 명이 목 잃은 귀신으로 변하고 붉은 피가 한 길이나 치솟았다 흩어지며 눈 위에 뿌려졌다.

영사는 검을 뉘였고, 태백은 질주하는 방향을 바꾸었다. 다시 한 명의 목이 떨어지고 더운 피가 김과 함께 확 뿜어졌다.

중년인은 혼이 날아갈 듯이 놀라서 허공으로 치솟았다.

태백과 영사는 마치 유령처럼 아무런 소리도 내지 않았고, 질풍보다 빨랐다.

중년인이 도로 공격하려 했을 때 그들은 벌써 다른 흑의인들을 베고 땅에서 솟구쳐 오르고 있었다.

중년인은 충격으로 정신이 하얗게 되어버렸다.

"이럴… 수가……! 말이 어떻게 이럴 수가……!"

덜덜 떨리는 입에서 자기가 하려고 하지도 않은 말이 튀어나왔을 때, 태백은 그의 전면으로 솟구쳐 올라가고 푸른 검광은 그의 오른 다리와 허리를 연거푸 베어버렸다.

영사는 검을 높이 치켜들었고, 태백은 솟구칠 수 있는 최대한의 높이로 솟구쳤다. 그 순간에는 태백과 검과 영사가 하나가 되었다.

말과 검과 사람이 합일하여 혼연일체를 이루었다.

태백은 높이 선 나무를 박차고 다시 한 번 솟구쳐서 땅으로 내려서며 질주하기 시작했다.

말굽 소리가 밤을 흔들었다.

푸른 검광이 백설을 가르며 흘러갔다.

영사는 다섯 명의 흑의인을 더 벴다.

떨어진 목이 더할 수 없이 처참한 모습으로 눈밭에서 뒹굴었다.

"웬 놈이냐!"

한 노인이 목이 터져라 소리치며 영사의 앞을 막았다. 살아 있는 흑의인은 오직 그뿐이었다.

영사는 노인의 검을 자기의 보검으로 받아내며 발로 턱을 찼다. 노인이 물러서면서 피했지만 그의 수염이 영사의 발길에 닿아서 잘렸다. 발길질이지만 칼질이나 다름없었다.

다시 자세를 잡기도 전에 영사의 검은 푸른 검광을 뿌리며 노인의 목에 닿아 있었다.

노인의 얼굴이 경악과 두려움으로 실룩거렸다.

영사는 입을 다물고 말했다.

[총순찰은 어디 있습니까?]

노인이 떨면서 말했다.

"귀공은… 뉘십니까?"

영사는 그를 노려보면서 입을 열지 않고 다시 물었다.

[총순찰은 어디 있습니까?]

노인은 영사의 유령 같은 모습에 공포를 느끼면서도 안간힘을 다해 저항했다.

하지만 영사의 두 번째 물음에 의지가 와르르 무너지고 말았다.

그가 떨면서 말했다.

"그분, 그분께서는 포로들을 데리고 떠… 떠나셨습니다."

하지만 그의 얼굴은 새까맣게 변해서 일그러졌다. 그는 결코 적에게 비밀을 누설하지 않도록 훈련받은 사람이었다.

영사는 여전히 입을 쓰지 않고 물었다.

[간 곳을 말하십시오.]

노인이 다시 얼굴을 푸들푸들 떨었다. 하지만 입이 저절로 열렸다.

"천복사(天福寺)로 가셨습니다."

노인의 얼굴에 당혹감과 비참함, 자괴감이 함께 꿈틀거렸다. 그 얼굴은 이미 눈밭에 뒹구는 시체들의 얼굴과 마찬가지였다.

영사는 노인을 응시하면서 말했다.

[내가 누군지 알겠습니까?]

"공자가 누군지 내가 어떻……."

말하다가 노인은 입을 딱 벌렸다. 그리고 잠시 후에 혼이 빠진 것처럼 입 모양만으로 말했다.

"염왕사자……."

염왕사자의 신분은 외인 앞에서 함부로 말할 수 없다.

영사는 고개를 끄덕거렸다.

노인의 얼굴이 체념으로 편안해졌다.

입으로 말하지 않는 것은 염왕사자의 상징이었다. 상대가 염왕사자였다면 단 일 초를 대항해 보지 못하는 것도 납득할 만했다.

염왕사자는 누구도 대적하지 못한다.

노인이 길게 한숨을 쉬면서 중얼거렸다.

"아직도 남아 있는 이가 있었구려. 오랫동안 소식이 없어 다 제거된 줄 알았더니. 지존께서 실수를 하셨을 줄이야……."

사부 우전만이 음모 속에서 죽은 게 아니었다.

영사는 하늘을 우러러보았다. 찬바람은 가슴속에서 일어났다.

천천히 검을 들어서 노인의 가슴에 대었다.

툭! 투툭!

노인의 가슴이 꿈틀거리고, 이내 노인은 눈이 빨갛게 된 채 쓰러져 죽었다. 영사의 검에서 나온 기운이 노인의 심장을 터뜨렸던 것이다.

영사는 말 등에서 돌아보지 않은 채로 말했다.

"나는 천복사로 가야 합니다. 선녀님은 어떻게 하시겠습니까?"

금발의 선녀 차오매는 그 말에 정신이 들었다. 아무런 살기조차 내뿜지 않고 적의 목을 베는 유령 같은 영사의 모습과 허공으로 솟구치고 나무를 건너뛰는 태백의 모습, 그리고 마지막으로 영사가 뿜어냈던 기이한 살기에 거의 정신을 잃고 있었다.

차오매는 한바탕 부르르 진저리 친 후에 날아올랐다가 태백의 앞으로 떨어졌다. 상처가 그녀의 공력을 방해하고 있었다.

차오매가 머리를 조아리며 말했다.

"경교(景敎) 육선녀를 대신하여 다섯째 차림(車琳)이 공자님의 은혜에 감사드립니다. 염치는 없사오나 저희 자매를 구해주신다면 소녀 목숨을 바쳐서라도 보은하겠습니다."

차오매는 항아리를 안은 채 이마를 눈에 대고 엎드렸다.

경교는 파사교(波斯敎)의 다른 이름이었다. 지금은 명맥이 끊어졌지만 당나라 시절에는 아주 번창했었다. 경교라는 이름은 그들의 교리가 밝고 맑다는 뜻에서 지어졌고, 파사교라는 이름은 그들이 파사(주:페르시아)에서 건너왔다는 데서 유래되었다. 하지만 파사교는 파사의 사람이 전했을 뿐 파사보다 훨씬 더 서쪽에서 시작되었으며, 청진사를 중심으로 한 회회교(回回敎)와 다른 종교였고, 심지어 서로 적대시하였다.

영사가 머리를 두 번 가로저었다.

차오매는 고개를 들지 않았지만 그가 머리를 가로저었다는 사실을 알았다.

다시 간곡하게 말했다.

"저희 자매가 이곳에서 사람을 죽인 것은 사실이지만 처음부터 죽이려 했던 것은 아닙니다. 하지만 그들은 저희를 보고 해치려 하고 저희의 중요한 일을 방해하는지라 죽이지 않을 수가 없었습니다. 공자님께서 죄를 물으신다면 소녀가 달게 받겠습니다. 소녀, 이 자리에서 죽으라 하시면 그리하겠습니다. 하지만 부디 저희 자매를 그들의 손에서 구해주시길 부탁드립니다."

잠시 얼굴을 드는데, 금발이 흘러내린 하얀 얼굴에는 푸른 빛이 감돌고 입가에 흘린 피는 검은 얼룩처럼 턱에 닿아 있었다. 소녀의 눈빛이 몹시 처량하고 애원하는 빛이었다.

영사가 말했다.

"선녀님, 나는 아직 총순찰을 이길 수가 없습니다."

차오매가 다시 고개를 들고 하소연했다.

"공자님의 무공은 소녀가 상상해 본 적도 없을 만큼 고절합니다. 총순찰이라는 여자의 무공이 높다 한들 공자님의 상대가 되지는 못할 것입니다.”

영사는 웃으면서 말했다.

“내 무공은 아직 완성되지 않았습니다. 총순찰을 이길 수 없는 것은 물론이고, 파검 위지 형과 싸운다면 그의 삼 초를 받아낼 수 없습니다. 어쩌면 일 초에 패할지도 모릅니다.”

차오매가 믿을 수 없다는 눈빛을 했다.

영사는 잠시 쉬었다가 말을 이었다.

“세상에는 고수가 많습니다.”

차오매가 물었다.

“그럼 공자님께서는 천복사에……”

말끝을 흐렸지만 죽으러 가느냐는 소리였다.

영사는 검으로 차오매의 머리를 때렸다. 눕힌 검면이 금발에 닿자마자 그녀는 줄에서 떨어진 빨래처럼 풀썩 무너졌다.

영사는 그녀를 말 위에 끌어올리고 율람장을 향해서 달렸다.

율람장의 굳게 닫힌 대문에 이르러 그녀를 내려놓고 태백을 돌려 세우며 뒷발길질로 한 번 차게 했다.

펑! 하는 소리가 대문을 울렸다.

영사는 사람의 기척을 느끼면서 즉시 태백을 달리게 했다.

율람장의 대문이 소리 내며 열리기 시작했을 때 태백은 벌써 숲으로 달려가고 있었다.

천복사 근처에 이르렀을 때는 눈이 그치고 달이 십삼층 소안탑(小雁塔) 뒤에서 얼굴을 내미는 중이었다.

제31장

강호의 여인 나인채

소안탑(小雁塔)은 불이 밝혀져 있었다.

나인채는 창문 밖으로 달을 보았다.

서안 땅을 밟은 것은 오 년 만이었다. 그간 총순찰의 신분으로서 올 일이 없었던 것은 아니다. 다만 오고 싶지 않았을 뿐이다.

하지만 오고 싶었는지도 모른다. 서안에 꼭 가봐야 한다는 말을 들었을 때 자기도 모르게 가슴이 뛰면서 기뻤기 때문이다.

나인채는 거울을 보듯이 달을 보며 중얼거렸다.

"염왕사자 우전… 당신이라는 남자는 죽었지만 제 가슴속에는 여전히 당신의 자리가 비어 있군요. 살아 있을 때나 죽은 후나… 다를 게 없군요. 당신은 여전히 제 가슴을 아프게 하고……."

그가 죽고 나면 더 이상 아프지 않을 줄 알았다. 한데 그 이후에 고통이 선명해졌다. 그가 돌아봐 주지 않아서 아팠던 것이 아니라 마음에서 그를 떨쳐 낼 수 없어서 아팠다.

그가 들어서길 기다리며 비워놓았던 그 빈자리를 나인채는 그가 죽은 지금도 치워 버릴 수가 없었다.

그곳은 여전히 봄이면 장미색으로, 여름이면 연못 색으로, 가을이면 단풍으로, 그리고 겨울이면 하얀색으로 단장하고 있었다.

나인채는 턱을 괴지 않은 손으로 술병을 들어서 입술을 축였다.

독한 술은 목구멍을 태우고 입술을 마비시켜 검붉게 만들었다.

강호의 여인은 술병을 탁! 하고 내리면서 이제는 정말 염라대왕 곁에 있을 그 남자를 위해서 눈물 한 방울을 흘렸다.

그리고 다시 한 모금을 들이키고는 비련 속에 던져진 강호의 그 여인을 위해서도 한 방울 눈물을 짜냈다.

"하아!"

나인채는 숨을 깊게 마셨다가 내뱉었다.

이런 밤은 피를 보지 않았어도 잠들 수 없는 밤이다. 눈 위에서 달빛이라도 품지 않고서는 보낼 수 없는 밤이다.

나인채는 술병을 든 채로 몸을 휘청거리며 일어났다.

창문을 와락 열어젖히고 머리를 내밀어 어깨를 내밀고, 우물 속에 들어가듯이 허리를 접어서 손을 아래로 뻗쳤다.

추락하는 몸이 바람을 맞아서 자유롭다.

나인채는 눈을 한 번 감았다가 몸을 추스르며 꽃잎처럼 눈 위에 내려서서 비틀거렸다.

취기는 땅을 흔들고 하늘을 맴돈다.

천복사는 중들이 모두 죽어버린 듯 고요한데, 부엉이 우는 소리가 깊어 종소리를 대신한다.

나인채는 달빛 아래에 눈 위를 맨발로 걸으면서 두 걸음에 한 번 멈추고 하늘 한 번 보면서 술을 마시고 다시 걷기를 반복했다. 그러다가 술이 다했다.

나인채는 입을 벌리고 한 방울이라도 떨어져 주기를 기다리며 목청을 깔딱대다가 술병을 멀리 던지고 돌아섰다.

까짓것, 아프라지. 그를 알고 나서 아프지 않았던 때가 있었던가.

"하하하하!"

나인채는 속을 내빼 던지는 웃음 한 번 울었다.

그리고 소리쳐서 물었다.

"그년들은 어디에 있나?"

눈 위에서 검은 옷을 입은 자가 나타나며 대답했다. 그녀를 호종(護從)하는 자로 제국평(薺國平)이라는 자였다.

"지하에 있습니다. 두 곳으로 나누어 심문하는 중입니다."

나인채는 발끝에 힘을 주어 걸으면서 말했다.

"가자. 직접 심문하겠다."

제국평이 가슴에 싸고 있던 신발을 꺼내서 나인채의 발 앞에 놓았다. 나인채는 신을 신으면서 술기운을 몸 밖으로 쏘아버렸다.

방귀 뀌듯이 펑! 소리가 작게 나면서 그녀의 전신 모공으로 주기가 빠져나와 안개처럼 흩어졌다.

제국평이 말했다.

"주욱과 마소석이 아직 돌아오지 않았습니다."

"알아봐!"

나인채는 걸어가면서 말했다.

제국평이 존명이라고 나직하게 외치고 사라졌다.

나인채는 소안탑으로 들어가 부하들의 안내를 받으며 지하로 내려갔다. 소안탑 지하는 소안탑이 지어질 때 만들어졌지만 소안탑을 세운 스님인 의정법사(義淨法師)도 모르는 장소였다.

의정법사는 현장법사와 마찬가지로 당나라 때 천축에 가서 오십육 부 이백삼십 권의 경전을 가지고 돌아와 소안탑을 세웠지만, 소안탑의 건립을 실제로 감독하고 관리한 것은 사문의 사람들이었다.

이러한 정황은 현장법사가 세운 대안탑(大雁塔)도 마찬가지였다.

사문은 문화와 문물을 중시했기 때문에 석가모니의 가르침이 널리 퍼질 수 있도록 적극적으로 돕기도 했다.

파사교가 들어왔을 때도 그랬다.

사문은 당태종 이세민에게 경교의 교주 아라본(阿羅本:Alopen)을 소개하여 경전을 번역하고 부흥할 수 있게 도왔다. 그리고 그 과정에서 경교의 주요 경전인 서청미시소경(序聽迷詩所經)과 세존포세론(世尊布世論) 등의 사본을 가져가서 연구하기도 했다.

하지만 공덕과 효용이 뛰어나게 밝아서 경(景)이라는 이름을 가졌던 파사교에 묵과할 수 없는 문제가 발견된 것은 그들의 일신관(一神觀)이었다.

하여 마침내 사문은 이렇게 결론을 내리지 않을 수 없었다.

뻐꾸기 같은 것이다.

남의 둥지에 알을 낳아서 남의 알 속에 묻어두는 속성이 비슷했다.

그들의 가르침이 옳지만 종국에 가서는 자기 외의 다른 모든 가르침을 부정하고 깨뜨려 버리는 것이라 아니할 수 없었다.

이것은 사문이 긴 세월을 두고 지켜온 원칙에 어긋났다.

사문은 당나라의 국가적 보호까지 받으며 성장하고 있는 경교에 대해서 조치를 취하지 않을 수 없었다.

그때부터 경교는 사문에 의해서 요도(妖道)라는 이름으로 불리게 되었다.

하지만 이미 국가의 보호를 받고 있으며 황실에 독자적인 세력을 키워 버린 그들을 몰락시키기는 쉽지 않은 일이었다. 무려 이백 년에 달하는 세월이 걸려서야 경교를 믿는 사람들은 자취를 감췄다.

그리고 당나라도 종언을 고했다.

"간교한 것들."

나인채는 나직하게 중얼거렸다.

오 년 전에 그들의 꼬리를 찾아낸 것은 우연이었다. 염왕사자 우전을 추적해서 서안에 이르러 대대적인 작전을 펼쳤을 때, 제풀에 놀란 경교의 잔당들이 움직였고, 사문은 치밀한

조사 후에 동심원을 움직여서 그들을 학살했다.

그들의 무공은 일반 강호의 것들과 다르고 놀랄 만큼 강했지만 동심원의 고수들을 당해내지 못했다.

당시 나인채는 도망친 경교의 교주 강헌목(姜獻穆)을 비림에서 찾아 죽였다. 우전에게 배운 벽력퇴로 가슴과 머리를 으깨어 버렸다.

포로로 잡은 다섯 계집은 강헌목이 죽기 전에 몰래 빼돌려 키운 것들이 틀림없었다.

석실 앞에 당도하니 길을 이끌었던 부하가 말했다.

"여기에 두 계집이 있습니다. 실토할 가능성이 큰 것들입니다."

경교, 요도의 계집이나 사내는 입이 여물고 지독하기가 이를 데 없다.

"왜?"

나인채가 눈을 빛내며 물었다.

부하가 긴장하며 말했다.

"가장 어린것과 조금 모자라는 년이기 때문입니다."

나인채는 그 석실에 들어가지 않고 지나쳤다.

부하가 당혹스런 표정을 지었다가 즉시 다른 석실로 안내했다.

"비켜. 머저리 같은 자식."

그녀가 차갑게 말했다.

부하가 허겁지겁 물러섰다.

나인채는 숨을 깊이 마신 후 직접 문을 밀고 들어갔다.

석실에는 넓게 퍼져 하늘거리는 비단옷 몇 겹이 세 개의 형틀에 묶여 있었다. 하지만 사람의 형체는 보이지 않았다. 대신 바닥에 상스런 자세로 쓰러져 죽은 세 명의 남자가 보였다. 그들 모두 하의가 벗겨져 있었고, 성기는 발기한 상태였다. 석실에는 이상한 향기가 감돌고 있었다.

뒤따라 들어온 부하가 창백하게 질린 표정으로 몸을 사시나무 떨 듯이 떨었다. 입술이 파랗게 질려서 말도 하지 못했다.

나인채는 한 손으로 이마를 짚고 서 있다가 경신술을 펼쳐 다른 두 요녀가 갇혀 있다는 석실로 달려갔다.

손으로 문을 부수다시피 하면서 뛰어들어 갔지만 그곳에도 바지를 내린 두 사람의 시체와 형틀에 묶여 있는 비단옷만 남아 있을 뿐이었다.

복도에는 양쪽 끝에서 두 부하가 늘 지키고 서 있었다. 하지만 그들 중에서도 벌거벗은 여자들을 본 자는 없었다. 힘들게 잡아온 요녀들이 증발해 버린 것이었다.

나인채가 분통이 터져서 발로 벽을 차면서 호통을 쳤다.

"이것들이 눈이 멀었나!"

그녀의 발이 석벽을 뚫고 들어가 무릎 위만 보였다.

뒤늦게 달려온 부하 이십여 명이 복도를 메웠다.

나인채는 석벽에서 뽑은 발로 그들 사이로 지나가며 모조리 차서 날려 버렸다. 빵빵빵! 소리가 연이어 나면서 검은 몸뚱어리들이 날아가 벽에 부딪쳐 떨어졌다. 하지만 아무도 비명을 지르지 못했다.

나인채는 소안탑 밖으로 나는 듯이 뛰어나왔다.

눈 그친 천복사 경내에는 달빛만 휘황했다. 부하들이 뒤따라 올라왔다.

나인채는 그들이 가야 할 방향을 지시했다.

한데, 달빛에 늘어진 소안탑의 탑 그림자가 이상했다.

고개를 휙 돌려보니 십삼 층 소안탑 꼭대기에 새하얀 백마를 타고 흰옷을 입은 사람이 보였는데, 그의 손에서는 장검이 달빛을 받아서 푸르스름한 빛을 내뿜고 있었다.

나인채는 그 순간 자기가 헛것을 보았는가 싶었다.

그림자를 한 번 더 보고 눈을 비빈 후에 다시 올려다보았다.

하지만 백마와 흰옷을 입은 사람은 여전히 그곳에 있었다.

그녀는 머리카락이 쭈뼛하게 서는 것을 느꼈다. 명령을 받고 떠나려던 부하들도 유령을 본 듯이 굳어져 소안탑 위를 바라보고 있었다.

나인채가 고함쳤다.

"웬 놈이냐?"

영사는 태백을 탄 채 호랑이가 벼랑을 타고 오르는 모양을 본뜬 벽호공(壁虎功)을 펼쳐서 탑 위에 올라와 있는 중이었다.

총순찰 나인채를 찾기 위해서였다. 그는 탑을 오르면서 안의 동정을 살피며 나인채를 찾았지만 발견하지 못하고 결국 끝까지 올라가 지붕 위에 섰는데, 그때 나인채가 밖으로 뛰어나왔기 때문에 검을 뽑아 든 것이었다.

영사는 대답하지 않고 태백을 움직여 탑의 벽을 타고 수직으로 내려갔다. 개미가 탁자 다리를 내려오는 것처럼 자연스러웠다.

흑의인 한 명이 음성을 떨면서 말했다.

"요도의 무리인 모양입니다."

나인채가 가소로운 듯이 살기를 담아서 내뱉었다.

"요사한 것! 감히 혼자서 내가 있는 곳을 찾아와?"

십삼층의 높이지만 평지를 걷듯이 걸으면 잠깐이었다. 태백은 제일 아래층에 이르자 껑충 뛰어서 땅에 내려섰다. 그 모습은 말 같기도 하고 아닌 것 같기도 했다.

나인채는 자기가 직접 상대해야 할 적이 왔다는 사실을 알

아챘다. 손을 흔들어서 부하들이 도망친 요녀들을 추적하게
했다.

영사는 그들이 떠나갈 때까지 기다렸다.

마침내 소안탑 아래에 두 사람만 남게 되자 나인채가 턱을
치켜 올리며 웃음을 터뜨렸다.

"하하하하하!"

속이 아주 후련한 듯한 웃음이었다.

입을 다물고 영사를 바라보는 나인채의 입가에 미소가 걸
렸다.

"요도에서 제법 공을 들였군. 몇 년만 지나면 오 년 전에
내 발에 뭉개져 죽은 강헌목을 능가하겠어."

나인채의 말에서 강한 투지와 승부욕이 느껴졌다.

말 위에 있던 영사도 슬그머니 웃었다. 사부는 그녀를 두
고 말하길 강호의 여인이라고만 했다. 영사는 승부욕이 강하
고 맺고 끊는 것이 단호한 여자라는 의미로 해석하고 있었
다.

나인채가 말했다.

"대단해. 내가 누군지 모르진 않을 텐데 아무 준비도 없이
오다니."

영사는 태백을 타고 천천히 다가가며 말했다.

"틀렸습니다. 저는 적을 대할 줄 아는 분께 배웠습니다."

나인채가 웃으며 말했다.

"재밌군. 하지만 이제 잡설 말고 어린 요도의 수단은 어디에 있는지 보고 싶다. 요사한 수단 말고 제대로 된 것 말이야."

영사는 검을 앞으로 들어 올리며 말했다.

"제 수단은 이 속에 있습니다."

나인채가 미소를 지었다.

"검이라……. 요도답지 않아. 어쨌든 전력을 다해봐."

순간 영사는 전력을 다했다. 천천히 걷던 태백은 번갯불처럼 날았고, 영사의 검은 허공에서 나인채의 목을 찔렀다.

나인채는 경악하며 소매를 떨쳤다. 소매 속에서 두 개의 쌍환이 쏘아지며 영사의 검을 막았다.

하지만 영사는 검을 더 세차게 찔러 넣었다.

쌍환과 검이 부딪치고 검은 길을 바꾸면서 나아가 나인채의 목 오른쪽을 스치며 피를 머금었다. 하마터면 단 일 초에 목을 잃을 뻔했다.

나인채는 옆으로 훌쩍 몸을 날려 피했지만 그와 같은 경우는 난생처음 당해보는지라 놀라고 당황했다.

영사의 공격이 예측할 수 없을 정도로 빨랐고 기괴했지만 막지 못할 정도는 아니었다. 쌍환으로 막는 데는 조금의 어긋남도 없었다. 초식은 완벽했고, 검은 막혔다.

한데도 검은 더 파고들면서 그녀의 목에 상처를 만들었던 것이다.

하지만 생각할 틈도 없었다. 영사의 검이 다시 그녀의 머리를 덮어씌우며 떨어지고 있었다. 나인채는 막을 엄두도 내지 못하고 쌍환으로 자기를 지키며 영사의 검을 피했다.

한데 갑자기 한줄기 암경이 그녀의 복부로 밀려왔다.

창졸간에 이성의 공력으로 벽력퇴를 펼쳐서 암경을 받아쳤다.

하지만 그녀는 펑! 소리와 함께 중심을 잃고 뒤로 밀렸다.

공력을 비록 이성밖에 사용하지 않았다지만 벽력퇴였다. 한데도 그녀가 밀렸다는 사실에 몹시 놀랐고, 암경이라 여겼던 것이 몸을 돌린 백마의 뒷발이었다는 사실에 다시 한 번 놀랐다.

그 순간에도 영사의 검이 이상하게 돌면서 그녀의 왼쪽 가슴 위로 스치고 가면서 옷을 잘랐다. 본능적으로 반응하여 피하지 못했다면 심장이 반으로 쪼개졌을 공격이었다.

"하앗!"

나인채는 공력을 모아서 벼락같은 고함을 질렀다. 여자가 펼쳤다고 생각할 수 없을 정도로 고강한 사자후였다.

영사는 태백의 머리로 그녀의 가슴을 받으려다가 충격을 받고 공력이 흩어져 버렸다. 태백과의 일체감이 깨어지고 태백은 태백대로, 그는 그대로 뼈마디가 풀려서 땅으로 쓰러졌다.

사자후를 코앞에서 받은 대가였다.

태백은 달리던 힘 때문에 다섯 바퀴를 제멋대로 굴러서 쓰러졌고, 영사는 십여 바퀴를 구르면서 눈을 흩뿌렸다.

나인채는 쌍환을 던져서 영사의 등과 허리를 공격했다. 영사는 검을 등으로 돌려 가까스로 쌍환을 빗나가게 했다. 하지만 쌍환은 각기 영사의 왼팔과 옆구리를 스치고 나인채에게 돌아갔다.

나인채는 숨을 몰아쉬고 있었다. 눈 깜짝할 사이였지만 그녀는 두 번 죽을 뻔했고 상대방을 한 번 죽일 뻔했다. 꿈을 꾼 듯이 정신이 아찔했다. 자기의 목과 심장을 향하던 검이 눈에 떠올라서 살이 떨렸다.

그것을 피할 수 있었던 것은 무공이 아니라 세월 속에서 단련된, 또는 타고난 여자로서의 육감 같은 것이었다.

영사는 팔을 벌리고 누운 채 호흡을 조절했다.

태백은 고개를 들다가 다시 쓰러지는 중이었다.

나인채가 입을 열었다.

"대단… 하다."

영사는 대꾸하지 않았다. 그는 아직까지 그녀 같은 여유가 없었다. 흩어진 공력을 다스려서 단전으로 되돌리기에도 시간과 정신이 모자랐다. 흩어진 공력은 사지백해로 제멋대로 달리고 있는 중이었다.

나인채의 사자후는 사자의 포효가 숱한 짐승들을 뿔뿔이 흩어지게 하는 것처럼 몸속의 내력을 일순간에 흩어지게 만드는 무공이었다. 그녀가 남몰래 숨기고 있는 구명절초였는데, 뜻밖에도 아직 새파란 애송이를 만나서 단 삼 초 만에 쓰게 될 것이라고는 꿈에도 생각지 못했다.

더구나 그 애송이는 공력이 흩어진 상태에서도 자기의 쌍환을 비켜가게 만들기까지 했다.

대단하다는 감탄이 나오지 않으려야 않을 수 없었다.

"나로 하여금 요도를 다시 보게 만들었어."

나인채가 다가가며 말했다.

영사는 다시 내력을 단전으로 되돌리는 데 성공했다.

나인채가 말했다.

"아직 남은 수단이 있나?"

영사는 숨을 고르게 쉬면서 말했다.

"남았습니다. 하지만 그전에 저는 이렇게 말하지 않을 수가 없군요. 당신이 지금 살아 있는 것은 다른 분의 자비 때문이라는 것을 말입니다."

나인채가 미간을 꿈틀거리며 말했다.

"무슨 소리를 하는지 모르겠군요."

영사는 등과 손등으로 전해지는 눈의 싸늘한 한기로 몸을 일깨우며 말했다.

"제가 실수했다는 소리입니다. 좀 더 기다렸더라면 당신을 쉽게 죽일 수 있었을 텐데 실수하고 말았습니다."

나인채는 다가가던 걸음을 멈추었다. 영사가 하는 말에 확실하지는 않지만 어떤 도리가 있음을 느낄 수 있었다.

"자세히 말해봐라."

말하며 그녀는 양손의 쌍환에 공력을 돋웠다.

하늘에는 별이 너무 맑아서 차랑차랑하는 듯했다.

영사는 입가에 미소를 머금으며 말했다.

"당신은 이상하군요. 우리가 검을 겨누고 정담을 나눌 만한 사이는 아닌데도 말을 하려고 하는군요."

나인채는 자기도 모르게 또 이상한 기분이 들어서 멈칫했다. 그 기분은 멀리서 달려온 봄기운처럼 잠깐 느껴졌다가 멀어졌다.

머리를 흔들며 나인채가 소리 내어 웃고 말했다.

"외로웠던 모양이다. 나도 모르게 말이야."

영사가 따라 웃고 나서 왼손으로 자기 가슴을 한 번 두드리며 말했다.

"남은 수단이 있습니다만 지금은 쓰지 않겠습니다. 당신께 자비를 베풀었던 그분을 봐서 저도 오늘은 이만 물러나도록 하겠습니다.”

나인채가 살기를 스멀스멀 피워 올리며 말했다.

“네가 말하는 그는 누구냐?”

사람을 묻고 있었지만 나인채는 마치 네가 도망갈 수 있을 것 같으냐 하는 듯했다.

영사가 작은 소리로 속삭이듯 말했다.

“마음만 먹었으면 언제라도 당신을 염라대왕께 데려갈 수 있으셨던 분입니다.”

순간 나인채는 피가 머릿속으로 확 치솟아올랐다.

“죽어!”

미친 듯이 고함치며 쌍환을 발출하고 벽력퇴로 영사의 가슴을 밟았다. 그녀의 발이 영사의 눈앞을 새까맣게 뒤덮었다.

하지만 영사는 누운 것과 서 있는 것이 같은 사람이었다. 천지반복에 이어서 천지회전을 펼쳐 나인채의 공격을 피하며 여전히 일어나려고 앞발을 세우는 태백에게로 굴러가서 등에 올랐다.

뒤에서 나인채의 벽력퇴가 난도질하듯이 쫓아왔다.

영사는 태백과 함께 옆으로 굴렀다. 태백이 벌떡 일어서며 화살처럼 앞으로 달려갔다. 한줄기 빛살 같았다.

나인채는 있는 힘을 다해서 쌍환을 던졌다. 하지만 쌍환 중

한 개는 빗나가고 한 개는 영사가 던진 무엇에 부딪쳐 떨어졌다.

탕!

소리가 난 즉시 나인채는 쌍환을 회수하고 그 물체를 손으로 움켜잡았다. 그런 후에 그만 그녀는 왈칵 피를 토해내고 말았다.

손에는 가운뎃손가락보다 조금 긴 둥근 고리의 일부가 있었다. 그녀가 이전에 사용하다가 깨어지고 사라져 버렸던 쌍환의 일부였다.

영사를 태운 태백의 모습이 천복사 담을 넘어서 사라지고 있었다.

나인채는 가슴을 부여잡고 한 번 더 피를 토하며 입을 우물거렸다.

"우전… 우전……."

욕이 터져 나오려다가 들어가고 가슴 뭉클한 무엇이 터져 나오려다가 피가 되어 쏟아졌다.

나인채는 고개를 떨어뜨리고 눈 위에 엎드려 버렸다. 눈물이 눈을 녹이고 있었다.

자비라니, 자비라니, 그의 자비라니…….

"피를 토한 건… 그 때문이 아니야. 석실에 있던 요녀들의 이상한 향기 때문이야."

나인채는 겨우 입을 열고 자기에게 애써 말했다. 그리고 입술을 깨물며 눈을 질끈 감았다.

"나인채, 넌 술을 깨지 말았어야 했어, 오늘 밤은."

소리없이 목메는 울음이 왈칵 뒤를 이었다.

제32장

백지 한 장 차이를 오가는 여자

영사는 천복사를 나와서 말머리를 돌렸다. 아무도 쫓아오는 사람은 없었다.

달빛에 교교한 천복사를 내려다보면서 영사는 생각했다.

오늘 밤 총순찰 나인채와의 싸움에서 처음에 그가 준비했던 것은 나인채가 가진 무공의 상극과 틈이었다. 염왕부의 사자는 사문의 모든 무공에 대해서 그 파훼식(破毀式)을 알고 있었다.

영사는 전부를 알지는 못했지만 나인채의 무공에 대해서는 알고 있었다. 우전에게 배울 때 그녀에 대한 인상이 깊었기 때문에 물어서 알아두었던 것이다.

죽일 수 있으면 단번에 죽인다는 생각으로 공격했지만 나인채가 쉽게 죽으리라고는 생각지 않았다.

하지만 영사는 그녀를 공격하면서 오 년 전 그녀가 사부를 쫓아왔을 때 사부가 마음만 먹었으면 그녀를 죽일 수 있었을 거라는 사실을 알았다.

일부러 죽은 척하기 위해서 그녀를 죽이지 않았을 수도 있었다.

하지만 그것은 그다지 사부답지 않았다.

짧은 기간이지만 영사가 아는 사부 우전이라면 서로 죽이고 죽은 걸로 꾸미지 일방적으로 죽은 척하지는 않을 사람이었다.

그것은 영사 자신도 마찬가지였다.

그녀가 살아 있다는 것은 사부 우전이 죽이기를 원치 않았다는 말이다.

지존이 사부와 관계가 있는 그녀를 보낸 이유도 사부가 그녀를 죽이지 않을 거라 생각했기 때문이라는 걸 영사도 그때 들어서 알고 있었다.

그걸 깜빡한 것이 영사의 실수였다. 그녀에게 상극의 무공을 쓰지도 말았어야 했다.

영사는 아직 자기가 그녀를 죽여야 할지 말아야 할지를 분간하지 못하고 있었다. 하지만 그녀에게 상극의 무공을 썼기 때문에 오늘은 그녀가 낭패를 당하기도 했지만 내일은 그녀가 달라질 것이다.

사문에 의해서 의도적으로 가려져 있었던 자기 무공의 결점을 알았으니 보완할 테고, 보완하고 나면 이제 상극의 무공으로는 그녀를 죽일 가능성이 없었다.

광맥을 찾을 때는 한 줄기만 잡으면 되는 법이었다. 마찬가지로 체계를 가진 무공에서도 한 가지 오류만 찾아내면 그 후에는 줄줄이 찾아내어서 전체를 바꿀 수 있었다.

총순찰 나인채의 무공은 훨씬 더 강해질 거라고 봐야 옳다.

그래서 영사는 달라질 그녀를 위해 징벌장을 남겨놓았다. 아직 다 피지 못한 징벌의 장미마저 꺾여 버린다면 이후에 그녀를 상대할 수단을 찾는 것은 아주 번거로울 것이기 때문이었다.

영사는 우전을 생각하고 입가에 미소를 지으며 작은 소리로 물었다.

"사부님, 저승이 쓸쓸하지요? 그 여자를 보내 드릴까요?"

불기 시작한 밤바람 소리만 들렸다.

동쪽 하늘에서 삼태성이 찬란했다.

영사는 그녀를 세 번만 봐주고 죽이기로 마음먹었다. 세 번 봐주는 것도 사부 우전의 정을 고려한 것이고 죽이기로 마음먹은 것도 사부의 마음을 생각한 것이었다.

　정이 있었던 만큼 봐주고, 원한을 품었던 만큼 복수해 준다면 사부도 흡족해할 것 같았다.

　영사는 미련없이 말머리를 돌렸다.

　달빛 교교하고 눈빛 선명한데 바람이 사념을 실어가는 밤이었다.

　한데 얼마 가지 않아서 영사는 이상한 냄새를 맡았다. 주위에는 나무가 듬성하고 겨울이라 꽃이 있을 리도 만무한데 마치 꽃향기 비슷한 냄새였다.

　즉시 숨을 멈추고 공력을 일으켜서 귀로 사방을 살폈다. 그러자 오 장쯤 떨어져 있는 가시나무 덤불 뒤에서 이상한 짐승 같은 것이 움직이는 게 보였다. 꿈틀거리는 것처럼 보였는데 무엇인지 구별은 가지 않았다.

　바람이 속삭이는 것 같은 작은 소리도 나고 있었다.

　영사는 보지 못한 척, 듣지 못한 척하면서 태백을 몰아서 천천히 근처로 걸어갔다. 하지만 그것은 태백이 다가감에도 덤불 뒤에서 도망치지 않았다.

　가까이 감에 따라 들리는 소리가 또렷해졌다.

　"언니, 안 돼요. 저 사람도 적인지 어떻게 알아요?"

　소녀의 음성이었는데 잠자리 날개가 떨리는 것처럼 떨렸다.

그 뒤에는 영사가 아는 음성이 들렸다.

"아니야. 나는 저 사람 알아. 아주 착해. 우릴 도와줄 거야."

영사가 처음 만났던 선녀의 음성이었다. 그녀의 음성도 떨리고 있었다.

아는 음성이 또 이어졌다.

"아까는 유령이라고 했잖아."

빨간 머리 선녀의 음성인데 역시 떨리고 거의 죽어가는 듯한 음성이었다.

영사는 덤불 뒤에 있는 것들이 바로 육선녀 중의 다섯 명임을 알았다. 그들 중 다섯 번째인 차오매의 염려와는 달리 그들은 스스로 탈출한 후였다.

셋째라는 선녀가 떨리는 음성으로 억지를 부렸다.

"유령이 아니라고는 안 했어. 하지만 그는 우릴 도와줄 거야."

그러자 약간 화난 듯한 다른 음성이 들렸다.

"어떻게? 이젠 황쌍아(黃雙兒)의 효력도 떨어져 가는데 네가 벌거벗고 나가서 도와달라고 할 거야? 겁탈이라도 당하고 싶어?"

셋째가 말했다.

"난 못해. 하지만 그는… 나한테 나쁘게 하지 않을 거야."

"이 바보 같은 계집애! 이젠 입 다물어! 가까이 왔단 말이
야!"

화난 음성이 말했다.

그때 제일 처음 들렸던 음성이 말했다.

"큰언니, 이렇게 있으면 어차피 우린 얼어 죽어요. 셋째 언
니 말도 틀리진 않은 것 같아요. 제가 방법을 강구해 볼게
요."

순간 셋째 선녀가 작게 비명을 지르며 자기 가슴을 가리고
작은 소리로 말했다.

"앗! 그 사람이 날 봤어!"

즉시 다른 사람이 입을 가렸지만 비명 소리는 벌써 나고 말
았다.

하얀 여자들 중 네 명은 긴장으로 굳어진 채 영사의 동정을
살폈고 다른 한 명은 무릎을 팔로 안아 가슴을 가리며 웅크렸
다.

영사는 아무런 내색도 하지 않고 그들 곁을 지나쳤다. 천천
히 바위 뒤로 돌아서 가는데 뒤에서 다시 음성이 들리기 시작
했다.

"휴, 다행이다. 바람에 나뭇가지 밀리는 소린 줄 알았나
봐."

"아직 황쌍아의 향기가 남아 있단 말예요. 셋째 언니 때문

에 우리 모두 들킬 뻔했잖아요.”

화가 서려 있었다.

셋째 선녀는 아직도 입이 막힌 채였다. 고개를 폭 숙이고 대꾸도 하지 않고 속으로만 말했다.

‘정말 봤단 말이야.’

다른 음성이 달랬다.

“됐다. 이젠 다시 방법을 강구해 보자. 이러다간 우리 모두 죽고 말아. 나와 둘째는 내상이 더 심해지고 있어.”

빨간 머리 선녀의 목소리가 들렸다.

“휴, 큰언니, 여길 벗어나는 게 우선이긴 하지만 이제 우린 발자국을 남길 수밖에 없어요. 무공도 쓸 수 없고 옷도 입지 못했으니… 그자들이 우릴 어떻게 할지…….”

영사는 바위 뒤에 멈춰 서서 가지 않고 있었다.

눈앞에는 다섯 명의 하얀 여자 알몸이 어른거렸다. 기녀원에 있었고 이제는 그 기녀원을 가진 주인이지만 영사는 여자들의 알몸에 익숙지 않았다. 영사가 알던 기녀들은 비록 몸을 팔지라도 아무 곳에서나 옷을 벗지 않았다.

가슴이 벌렁거리고 손이 떨려서 발가벗은 여자들 옆을 지나며 내색하지 않기가 어려웠다. 그러다가 그만 셋째 선녀와 눈이 마주치고 말았던 것이다.

영사는 쑥스러워서 말을 빨리 달려 버릴까 하다가 그녀들

의 몸에 난 상처와 웅크린 채 벌벌 떨고 있는 모습에 마음이
붙들려 바위 뒤로 가 서 있는 중이었다.

다섯 번째 선녀 차오매의 간곡한 부탁도 있었다. 영사는 그
녀들을 도와야겠다고 생각했지만 그도 금방 어떤 방법을 찾
아낼 수가 없었다.

당장 그들 앞에 나서는 것도 문제고 모르게 도와준다는 것
도 불가능했다. 그가 궁리하는 중에 여자들의 음성은 이제 편
하게 들려오고 있었다. 영사가 가버렸다고 생각하는 모양이
었다.

"할 수만 있다면 그를 죽이고 옷을 빼앗았으면 우리 중 한
명은 벗어날 수 있었을 텐데……."

성깔머리가 곱지 못하게 느껴지는 빨간 머리 선녀의 음성
이었다.

"우리 모두 죽을까?"

하는 음성도 들렸다.

그러다가 갑자기,

"셋째, 어딜 가는 거야? 발자국을 남겨선 안 돼!"

하는 급한 음성이 들렸다.

"멈춰!"

"잡아!"

하는 소리도 들렸다.

"언니, 미쳤어?"

하는 말을 들었을 때 영사는 뒤를 돌아보지 않을 수 없었다.

셋째 선녀가 바위를 돌아서 나와 영사를 보고 있었다. 머리카락을 길게 풀어 앞으로 흘려 가슴을 가리고 금색, 은색 줄이 들어간 항아리를 안아서 아랫배를 가린 모습이었다. 하지만 그 모습은 적나라하게 모든 것을 드러낸 것보다 더 자극적이었다.

하얀 살결은 얼어서 푸르스름했고, 그 위로 흘린 머리카락은 칠흑 같은데 윤기가 흘렀으며, 파란 눈과 마늘처럼 뾰족한 코와 작은 입술은 사람을 홀리고도 남음이 있었다.

긴 다리는 시선마저 미끄러지게 만들 만큼 아찔했다.

영사는 그녀와 시선을 마주치고도 이번에도 돌리지 못했다.

그녀의 뒤로 그녀를 붙잡기 위해 달려왔던 네 명의 여자는 영사를 발견하고 비명을 지르며 앞을 가리고 뒤돌아서는 뒤를 가리며 뛰어가 덤불 속에 숨어버렸다.

셋째 선녀가 오들오들 떨면서 말했다.

"전… 당신이 여… 여기 이… 있을 줄 알았어요."

그녀의 푸른 눈에는 눈물이 그렁그렁했다.

영사는 말을 탄 채 그녀에게로 다가갔다.

“온다.”

“도망쳐!”

하는 소리가 덤불에서 안타깝게 터져 나왔다.

하지만 셋째 선녀는 도망치지 않았다.

영사는 겉옷을 벗어서 그녀의 어깨에 씌워주었다.

셋째 선녀가 고개를 숙이며 콧물을 발등에 떨어뜨렸다. 코에 맺힌 눈물인지도 몰랐다.

영사가 손을 그녀의 아랫배 쪽으로 뻗었다.

“악!”

하는 비명 소리가 또 덤불에서 터져 나왔다.

하지만 영사의 손은 셋째 선녀가 안고 있던 항아리를 잡았고, 시선은 다른 곳을 보고 있었다.

셋째 선녀가 옷으로 앞을 가리고 고개를 조금 들면서 부끄러운 듯이 살짝 미소를 지었다.

영사는 음성을 평상으로 유지하려 애쓰며 낮게 말했다.

“옷을 입어요.”

셋째 선녀가 옷으로 입을 가릴 듯이 끌어올려 방긋 웃으며 말했다.

“고마워요. 당신이 좋은 사람인 줄 알고 있었어요.”

영사가 작게 한숨 쉬며 말했다.

“난 좋은 사람이 아니에요.”

셋째 선녀가 왼손을 뻗어 영사의 손에 있는 항아리를 잡으며 작은 소리로 말했다.

"알아요. 좋은 유령이죠, 당신은. 그래도 괜찮아요."

영사는 웃음을 짓고 말았다.

셋째 선녀가 옷과 항아리를 왼팔에 안고 물러서면서 오른손을 흔들었다.

영사는 영문을 몰라서 멀거니 보았다.

셋째 선녀가 말했다.

"옷을 잘 쓸게요. 큰언니가 많이 안 좋아요. 강육매도 어려서 견디기 힘들어하고요."

"아!"

영사는 그제야 그녀의 뜻을 알았다.

영사는 원원에게 사람의 마음을 읽는 법을 배운 후 어떤 사람을 대할 때도 막힘이 없었지만 눈앞에 있는 그녀만은 예측할 수가 없었다. 바보 같은가 하면 범상한 사람은 생각하기 어려운 말과 행동을 하니 아닌 것 같고, 아닌 것 같으면 아무것도 모르는 바보 같아 보이기도 했다.

병법으로 말하자면 허허실실을 저절로 구사하는 것이나 마찬가지였다.

영사는 이 여자가 백지 한 장 차이라는 천재와 바보 사이를 마음대로 오가는 묘한 여자구나 하고 생각했다.

덤불에서도 탄식이 튀어나왔다.

"아!"

"휴, 저 바보가."

"언니, 그냥 보내면 어떡해!"

셋째 선녀가 돌아보면서 말했다.

"어떡하긴, 그럼 이대로 줄줄 따라갈래?"

어떡하느냐고 소리쳤던 빨간 머리 넷째 선녀가 입을 다물었다. 보내지 않고 붙잡아놓는다고 어떤 방법이 있을 상황이 아니었다.

그가 있으면 그녀들은 다들 숨어 있어야 하고, 그렇게 있으면 얼어 죽거나 적에게 붙잡혀 욕을 당하고 죽을 게 뻔했다.

그때 막내 선녀가 말했다.

"언니, 옷을 찢어서 우리 모두 나눠요."

그러면 수치심을 모두 없앨 순 없지만 중요한 곳을 가리고 나갈 수는 있다.

큰 선녀가 말했다.

"옳아. 그렇게 하자."

셋째 선녀가 완강한 어조로 말했다.

"안 돼요!"

큰 선녀가 한숨을 쉬면서 말했다.

"또 왜 그래?"

셋째 선녀가 말했다.

"그럼 언니나 막내는 얼어 죽고 말아요. 조그만 걸 걸쳐서 어떻게 이 추위를 견뎌요? 이 옷은 크지만 반으로도 나눌 수 없어요. 큰언니와 막내가 한 팔씩 끼고 다른 팔로는 서로 허리를 두르면 될 거예요."

말은 맞았다. 영사의 몸집이 크니 그의 옷은 가녀린 여자 두 사람이 동시에 팔을 한쪽씩 끼고 입어도 될 만큼 컸다.

막내 선녀가 물었다.

"언니, 그럼 언니와 둘째 언니, 넷째 언니는요?"

셋째 선녀가 미소를 지으며 말했다.

"너와 큰언니만 살면 돼. 우리 모두 죽는 것보다는 훨씬 낫잖아?"

그 말이 옳아서만은 아니었다.

다들 기막힌 듯하여 대꾸가 없었다.

넷째 선녀가 두 손을 들면서 도저히 감당하지 못하겠다는 몸짓을 하다가 화들짝 놀라며 자기 가슴을 가렸다.

막내 선녀가 말했다.

"혹시… 언니, 유령이 되고 싶은 거예요?"

셋째 선녀는 고개를 끄덕였다.

"아!"

둘째 선녀가 이마를 짚었다.

첫째 선녀가 한숨을 쉬며 말했다.

"셋째야, 저 사람은 유령이 아니야."

셋째 선녀가 말했다.

"나도 알아요. 하지만 유령 같잖아요."

넷째 선녀가 소리쳤다.

"언닌 죽어도 저렇게 되지 않아!"

셋째 선녀는 영사에게 뒤를 보이지 않으려고 덤불 앞에 선 채 고개만 돌려서 덤불 속에 있는 넷째 선녀를 쏘아보며 말했다.

"알아. 나는 그냥 죽으려는 거야."

그녀의 음성에 강한 진정이 묻어 있었다.

영사마저 가슴이 서늘해질 정도였다.

넷째 선녀가 원래보다 더 떨리는 음성으로 물었다.

"왜? 왜? 우린 아직도 살 가능성이 있는데……."

셋째 선녀가 미소를 지으며 말했다.

"저 사람한테 벗은 몸을 다 보이고 말았는데 부끄럽게 어떻게 살아. 그렇다고 오늘 만난 사람한테 나를 데려가 아내로 삼아달라고 할 수도 없잖아."

다른 여자들이 침묵했다.

셋째 선녀가 입을 다물었다가 말했다.

"난… 그렇게는 말 못해."

셋째 선녀는 첫째 선녀 쪽으로 영사의 옷을 던져 주고 덤불 속에 들어가서 웅크렸다. 하지만 첫째 선녀도 옷을 손에 쥐기만 했을 뿐 입지 않고 그대로 있었다.

영사는 가슴이 뭉클해지는 것을 느꼈다.

여자들은 모두 고개를 숙인 채 아무 말이 없었다.

영사는 한숨을 쉬면서 말했다.

"방법이 없는 것은 아닙니다."

여자들이 앙상한 덤불 속에서 웅크린 채 장끼처럼 고개를 조금 들어서 영사를 보았다. 하지만 셋째 선녀는 여전히 고개를 푹 숙인 채 움직이지 않았다.

영사가 말했다.

"그 옷은 겹옷입니다. 뜯어서 펼치면 두 배가 될 수 있습니다. 먼저 소매를 하나 뜯어서 발을 감싸세요. 그런 후 선녀님들이 함께 모여서 제 옷으로 바깥을 둘러 감으세요."

마치 붓이나 채소를 다발로 묶는 것과 같이 하라는 말이었다. 걷는 것이 불편하고 운신할 때 전체가 발을 맞추어 조심하지 않으면 한꺼번에 넘어질 수도 있는 형태기는 했지만 그 상황에서는 다른 방법이 없었다.

영사가 고개를 돌리고 있는 와중에 첫째 선녀가 밖으로 나오며 말했다.

"상황이 이러하니 예를 차리지 못합니다. 하지만 공자님의 은혜는 평생을 두고 있지 않겠습니다.”

둘째 선녀와 넷째, 그리고 막내 선녀도 밖으로 나와서 항아리를 안은 채 절했다.

영사는 태백을 물러나게 해서 그녀들의 절을 받지 않았다. 절을 한 사실도 모른 척했다.

첫째 선녀는 이빨로 옷의 솔기를 뜯어서 펼쳤다.

네 사람이 조밀하게 서서 옷을 감으며 셋째 선녀를 불렀다.

하지만 셋째 선녀는 고개를 젓고 나가지 않았다.

“전 나가지 않겠어요.”

상처가 심한 둘째 선녀가 눈을 부릅뜨고 셋째 선녀를 쏘아보았지만 그녀는 요동도 하지 않았다.

넷째 선녀도 화가 나서 말했다.

“그럼 언닌 여기서 죽을 거야?”

셋째 선녀가,

“응.”

하고 대답했다.

넷째 선녀가 답답해하면서 자기의 가슴을 쳤다.

막내 선녀는 한숨을 쉬고 셋째 선녀에게 말했다.

“언니는 정말⋯ 이지⋯ 하는 수가 없군요.”

셋째 선녀는 빙긋 웃고 몸을 더 웅크렸다.

네 사람은 옷의 자락으로 바람이라도 조금 막고 있지만 그녀는 그렇지 않았다.

막내 선녀가 영사 쪽으로 가서 무릎을 꿇으면서 말했다.

"공자님, 옛 말에 사람을 살리려면 온전히 구해주라 했습니다. 저희들에게 은혜를 베풀어주심은 고마우나 저희는 셋째 언니를 잃게 되었습니다. 부디 공자님께서 셋째 언니를 구해주시기 바랍니다. 소녀, 평생토록 공자님의 종이 되라고 해도 되겠습니다."

첫째 선녀도 막내 선녀 옆에 무릎을 꿇었고, 둘째와 넷째도 잇달아 무릎을 꿇고 빌었다. 덤불 속에서 셋째 선녀가 작은 소리로 말했다.

"그냥 가. 난 됐으니까. 그리고 난 종 같은 것도 되고 싶지 않아."

영사는 말을 돌려서 그녀들에게 가며 옆에 떨어진 옷을 칼자루로 걸어 올려서 건네주며 말했다.

"적이 옵니다. 이럴 시간이 없군요."

영사가 시선을 옮기자 놀란 네 여자는 황급히 일어났다.

영사는 셋째 선녀를 보았다. 몸을 웅크릴 수 있는 대로 다 웅크린 채 그녀는 눈만 빠끔히 하여 영사를 보고 웃었다. 작별 인사였다.

푸르스름하게 변해 버린 오른손에는 주먹만 한 돌이 쥐어 있었는데 끝이 뾰족했다. 금방이라도 자기의 얼굴과 머리를 찍어버릴 태세였다. 그녀의 자매들이 못 말릴 만한 성미였다.

영사가 말했다.

"나오세요. 다른 사람들이 보면 어떻게 해요. 다른 사람들이 선녀님을 보면 전 화가 날 거예요."

영사는 그녀가 뭐라고 하기 전에 태백의 머리로 덤불을 헤치고 손을 잡아서 밖으로 끌어 네 여자가 한 벌의 옷을 두르고 있는 쪽으로 밀었다. 그녀가 밀려오자 기다렸다는 듯이 다른 선녀들이 그녀를 옷 속으로 끌어넣어 버렸다.

천복사 쪽에서 흑의인 오륙 명이 경신술을 펼쳐서 달려오는 중이었다.

영사는 허리띠를 풀어서 집동처럼 서서 어쩔 줄을 모르는 그녀들을 향해서 휘둘렀다. 공력이 깃든 허리띠가 그녀들 모두를 휘감아서 공중으로 던져 올랐다. 사람이 다섯이지만 모두가 가녀린 여자들이었다. 꽉 졸려 묶인 그녀들 한 다발은 부피도 생각보다 작았고 무게도 살찐 남자 두 사람 정도밖에 되지 않았다.

영사는 그녀들의 다발을 괴나리봇짐처럼 자기의 뒤에 걸쳤다. 그런 후에 태백에 박차를 가하며 달리기 시작했다.

태백이 맹수처럼 크게 히히힝! 소리를 냈다.

뒤에서 쫓아오던 자들이 상대를 확인하고 놀라서 멈췄다. 그들은 영사가 소안탑의 꼭대기서 말을 타고 내려오던 것을

보았고, 총순찰 나인채가 그와 싸워서 중상을 입었다는 사실
을 알고 있었다.

　태백은 바람보다 빨랐다. 모든 장애물을 건너뛰고 날아 넘
으며 미친 듯이 질주했다. 큰 그림자를 만들면서 지붕과 지붕
을 건너뛰어 다선루의 후원으로 돌아왔다. 영사는 태백의 등
에서 뛰어내리며 자기의 방문을 열자마자 선녀 다발을 던져
넣었다.
　탕! 하고 문이 닫혔다.
　영사는 태백을 마구간으로 가게하고 지붕 위로 뛰어올라
사방을 살폈다. 모습을 숨긴 채 다선루 주변을 샅샅이 살폈지
만 추적자의 흔적은 없었다.
　새벽이 가까워짐에 따라 다선루의 창문들도 불이 켜졌고
청등과 홍등만 지나가는 바람에 흔들리고 있었다.

제33장

한상 가득한 미녀들

영사는 어두운 복도를 걸어서 춘현의 방으로 갔다. 그녀의 방에도 불이 꺼져 있었다. 하지만 문을 열고 들어가면서 불렀다.

그녀는 다선루의 여자들 중에서 키가 큰 편이었다. 기녀로서는 나이가 들어서 이제는 계월, 진옥 등과 함께 다선루의 장부를 맡아보며 살림을 하는 중이었다.

"영사?"

춘현이 벌떡 일어났다.

"우리 공자님이 이 밤에 어쩐 일이야?"

"부탁이 있어서 왔어요."

춘현은 잠옷 차림으로 불을 켜고 영사를 맞으며 의아한 표정을 지었다.

"왜? 서명이 보내줄까?"

전에 화연이 서명을 영사에게 보내주려 했다는 말을 들어서 알고 있기 때문에 한 말이었다.

"아니. 그런 일이 아니에요."

하고 영사가 말했다.

춘현은 영사를 자세히 보고 말했다.

"너, 찬바람 쐬고 다녔구나?"

영사가 고개를 끄덕였다.

"옷이 필요해요."

춘현은 더 물을 생각도 않고 즉시 대답했다.

"어떤 것?"

춘현은 이런 면이 좋았다.

"춘현 아씨 몸에 맞는 것 다섯 벌이면 돼요."

하고 영사가 말했다.

"다섯?"

춘현은 확인하듯이 물었다.

영사가 대답했다.

"예. 속옷도 함께 필요해요."

춘현이 물었다.

"지금 당장?"

영사가 고개를 끄덕였다.

춘현은 자기 옷장의 옷을 꺼내서 깨끗한 것으로 골라 들면서 조심스럽게 물었다.

"내가 같이 가줄까?"

영사는 반가워 활짝 웃으며 말했다.

"그래 주실래요?"

춘현이 미소를 짓고 말했다.

"밖에서 잠깐만 기다려. 나도 갈아입고 나갈 테니까."

영사는 즉시 대답하고 옷을 한 아름 들고 방 밖으로 나왔다.

잠시 후에 춘현이 옷을 갈아입고 간단하게 분단장까지 하고서 얼굴을 내밀었다.

영사는 그녀의 분단장이 의외였지만 그녀가 예쁘게 꾸며서 나쁠 것은 없었다.

춘현은 영사의 손에서 옷을 빼앗듯이 받아 들었다. 아무리 영사가 편안하다고 하지만 그에게 옷을 들리는 것은 안 될 말이었다.

"어디에 있어?"

춘현이 작은 소리로 말했다.

영사도 작은 소리로 대답했다.

"제 방에 있어요."

춘현이 다시 물었다.

"다섯 모두?"

"예."

영사가 확인해 줬다.

발소리를 죽이고 걸어가면서 춘현은 잠시 입을 다물었다.

그러다가 후원으로 들어왔을 때 작은 소리로 물었다.

"양갓집 여자들이니?"

영사는 머리를 흔들었다.

"아니에요."

춘현이 입가로 묘한 미소를 지으며 말했다.

"다행이다. 조금 걱정했거든."

영사는 어리둥절했다. 그러다가 그녀가 말한 뜻을 알고 입
이 딱 벌어졌다.

그리고 화난 것처럼 얼굴이 붉어져 항의했다.

"어떻게 그런 생각을 할 수 있어요?"

춘현이 짓궂게 웃으며 말했다.

"강호를 다니는 남자가 무슨 짓을 못해. 우리 집에서도 다
섯까지는 아니더라도 서너 명을 침실로 데려가는 손님들이
있는데."

영사는 말문이 막혔다.

춘현은 앞장서서 당당하게 걸어가고 있었다. 그녀의 눈빛은,

'넌 나처럼 키 큰 여자를 좋아하는구나?' 하는 듯했다.

영사의 방이 보이기 시작했다.

영사는 애써 태연한 척하며 춘현에게 작은 소리로 말했다.

"전 밖에 있을 테니까 아주머니가 들어가서 옷을 나눠 주세요. 그녀들이 씻겠다면 제 목간을 이용하게 해요."

"그래."

하고 춘현이 대답했다.

영사가 머뭇거리며 말했다.

"많이 다친 사람도 있어요. 죽을 정도는 아니지만… 씻으려면 아주머니가 좀 도와주세요. 저는 권 노인을 데리고 오겠어요."

춘현은 다시 한 번 웃고는 혼자 걸어갔다.

권 노인은 다선루에서 두 집 건너에 있는 다락집에서 사는 의원이었다. 기녀들은 그가 가까이 있을 뿐 아니라 나이도 많아서 편하게 불러 쓰곤 했다. 그의 약과 침은 상당히 효과가 있었다.

*　　*　　*

방 안에 던져 졌을 때 두 사람은 기절해 버렸다. 나이가 어린 세 사람은 정신을 차리고 있었지만 밑에 깔린 상태였기 때문에 숨을 쉬기조차 힘들었다. 특히 목숨처럼 귀하게 여기는 항아리가 사람 사이에 하나씩 끼어서 압박하는 고통은 기절하고 싶을 정도였다.

비단옷과 비단 허리띠를 공력도 운용할 수 없는 여자들이 끊어낸다는 것은 불가능한 일이다.

셋째, 넷째, 그리고 막내 선녀는 발버둥을 치면서 영사의 옷 밖으로 빠져나가려 했지만 소용없었다.

병아리 눈물만큼 돌아왔던 공력도 이내 흩어지고 숨을 쉬기도 어려우니 조식으로 다시 공력을 모을 수도 없었다.

몸을 굴려서 위에 있는 두 사람을 아래로 보내면 조금 낫겠지만 그랬다가는 정신을 잃은 그녀들은 금방 죽고 말 것이라 그럴 수조차 없었다.

워낙 졸리고 눌려 있으니 소리도 지를 형편이 못 되었다.

하룻밤의 신세가 기막혔다.

맞아서 죽는가 싶다가 보면 고문당해서 죽을 것 같았고, 고문당해서 죽나 싶다가는 또 강간당할 것 같았고, 겨우 도망쳐서는 얼어 죽나 싶다간 부끄러워 죽을 뻔하고, 이제는 살았나 싶었는데 숨 막혀 죽을 지경이었다.

넷째 선녀가 훌쩍훌쩍 소리를 냈다. 아직 어린 나이에 험한 일을 하룻밤에 여러 번 겪다 보니 심지도 손상당하고 몸도 상하여 눈물만 나는 것이었다.

막내 선녀가 숨을 색색거리며 말했다.

"울지 마, 언니. 얼어 죽는 것보다는 낫잖아."

넷째 선녀가 울음을 그쳤다. 막내한테서 위로받기는 싫었던 것이다.

막내 선녀가 셋째한테 말했다.

"언니는 아무 방법도 없어요?"

원래 육선녀 중에서 가장 총명한 사람은 막내인 강육매였다. 하지만 그녀도 아무런 대책이 없을 때는 간혹 셋째 언니에게 물었고, 그러면 뜻밖에도 고집 세고 바보 같고 엉뚱한 셋째한테서는 엉뚱한 해결책이 나오는 경우가 있었다.

막내 선녀가 물은 것도 그런 의미에서였기에 큰 기대를 할 수는 없었다.

그때 가만히 있던 셋째 선녀가 말했다.

"우리 이빨로 찢어버리자. 난 화났을 때 내 옷을 이빨로 찢어버린 적이 있어. 아까 큰언니도 이빨로 실밥을 뜯었잖아."

비단은 잡아당겨서는 끊는 것이 거의 불가능하다. 하지만 조금이라도 뜯은 후에 찢는 것은 어려울 것도 없었다.

첫째 선녀가 영사의 겹옷을 펼칠 때 당연하다는 듯이 실밥을 입으로 끊었는데, 그녀들은 고작 손을 못 쓸 상황이 되었을 뿐인데 이빨을 쓰는 것조차 잊어버린 것이었다. 비단천도 누에실로 짠 것이니 실을 끊는 방식으로 당연히 끊을 수 있는 것이다.

막내 선녀와 넷째 선녀가 입을 딱 벌렸다.

"역시 언니는……."

하면서 그녀들은 옷을 입에 물고 송곳니로 씹어서 뜯었다. 그런 후에 한쪽만을 물고 고개를 돌리며 잡아당기니 그토록 질기던 옷이 쫘악! 소리를 내면서 찢어졌다.

거기에 팔과 어깨의 힘을 안에서 더하니 허리띠가 조르고 있던 부분까지 모두 찢어지고 숨통이 트였다.

그녀들은 손이 자유로워지자 항아리를 밖에 내놓고 무릎으로 서로의 몸을 밟으며 느슨해진 허리띠 사이에서 기어나왔다.

정신을 잃은 두 사람에게서 영사의 옷을 잡아당겨 침대 밖으로 내던진 후에 호흡을 살펴보았다. 기식이 엄엄하기는 했지만 정신을 잃었을 뿐 아주 위험한 정도는 아니었다.

안도가 되면서 완전히 힘이 빠져 세 여자는 침대의 빈자리에 차곡차곡 눕고 말았다.

이불을 덮지는 않았어도 침대는 푹신하고 방 안은 화로의 불이 아직 따뜻했다. 눈밭을 벌거벗고 다닌 것에 비하면 천상

극락이 따로 없었다.

　몸도 마음도 녹아내리며 그녀들은 깊은 잠에 빠지고 말았다.

＊　　　＊　　　＊

　춘현은 영사의 방 앞에서 헛기침을 했지만 기척이 없어 그냥 문을 열고 들어갔다.

　침대에 허연 사람 형상이 보였다.

　"부끄러워할 것 없어요."

　하고 춘현이 말했다.

　"영사는 착한 아이이니 잘 대해줄 거예요."

　하지만 아무도 대답이 없었다. 잘게 코 고는 소리가 들렸다.

　춘현은 눈살을 찌푸린 후 등에 불을 붙였다. 침상 쪽으로 다시 보니 바닥에는 옷이 찢어진 채 떨어져 있고 그 위로는 굳게 묶은 띠도 보였다. 이상하게 보이는 항아리도 다섯 개나 침상 아래에 놓여 있었다.

　춘현은 속으로,

　'영사 애는 대체 무슨 짓을 하면서 나다닌 거야?'

　하면서 침상 위를 보았다.

침상에는 빼꼭하게 길고 하얀 다리와 팔, 가슴이 한 상 차려져 있었다. 울긋불긋하고 누르고 검은 머리카락이 하얀 살결 사이로 흐르고 있었다.

춘현은 가까이 가서 그녀들을 보고 놀라서 숨이 막힐 지경이었다. 그녀들은 자신과 같은 여자였지만 같은 여자가 아니었다. 몸이 옥을 반죽하여 빚어놓은 것 같았다. 얼굴 표정은 세상의 모든 근심을 잊은 듯이 평화로웠다.

하늘에서 내려온 선녀들 같았다.

춘현은 뒤로 주춤거리며 물러난 후에 뜨거운 물을 가져와 수건에 적셔 그녀들의 피와 상처 난 부분을 닦아주었다.

그런 후 쓰지 않은 이불을 하나 찾아서 그녀들을 덮어주었다.

밖으로 나와서 영사를 찾으니 영사는 권 노인을 데리고 오는 중이었다.

춘현은 권 노인을 떨쳐 놓고 영사의 팔을 잡아끌어 방문 쪽으로 가서 작은 소리로 물었다.

"그 여자들 선녀지?"

영사는 고개를 끄덕거렸다.

춘현은 발을 동동 구르며 말했다.

"어쩌려고 그랬어? 아무리 그래도 그렇지, 선녀를 잡아오면 어떻게 해?"

영사는 설명하기가 난감했다. 춘현에게는 원래 설명하지 않아도 뭐든 그녀가 잘해줬는데 오늘은 그녀도 감당이 안 되는 모양이었다.

영사가 관자놀이를 손으로 문지르며 난감해하자 춘현은 눈을 빛내면서 물었다.

"혹시 누가 알아?"

영사는 조금 마음을 놓으며 말했다.

"아무도 몰라요. 걱정 마세요."

춘현이 안도의 한숨을 쉬면서 말했다.

"휴, 모르겠다. 그럼 들어가서 확실하게 휘어잡아 버려라. 열 번을 하든지 백 번을 하든지 해서 말이야. 옥황상제 딸이라도 이미 그렇게 돼버리고 나면 지가 어쩔 거야?"

영사는 손을 내저었다.

춘현이 말했다.

"권 노인은 내가 돌려보낼게. 몸이 좀 상하긴 했지만 아무도 죽을 것 같진 않았어. 빨리 들어가. 아직 시작도 안 한 것 같던데. 정신 차리기 전에 한 번씩은 후딱 해치워 놔야 뒷말이 없어. 내가 잘 닦아놨으니까."

방 안에서 신음 소리가 났다.

"으음!"

춘현은 급하게 방문을 열고 영사의 등을 밀었다.

영사는 침상에서 머리를 들며 손으로 이불을 끌어 가슴을
가리는 첫째 선녀와 시선이 마주쳤다.

"공자님이신가요?"

"그렇습니다."

영사가 대답했다.

뒤에서 춘현이,

"어서 시작해. 말만 주고받으면 날 다 샌 거야."

하면서 문을 탁 닫아버렸다.

영사는 어색하게 서 있었다.

첫째 선녀가 앉으면서 가슴을 가리느라 끌어올린 이불 때
문에 다른 사람들의 다리와 가슴 한쪽이 이불 밖으로 나와 버
렸다.

첫째 선녀는 고개를 조금 숙이고 있었다.

영사는 마음속에서 뭔가가 눈을 뜨는 것 같은 착각을 느꼈
다. 하지만 그것이 가슴 이상으로는 올라오지 않게 막았다.

평상시와 다르지 않은 어투로 그녀에게 편히 쉬라는 말을
하고 밖으로 나왔다.

첫째 선녀가 만류할 듯 멈칫하면서도 안도하는 표정을 숨
기지 못하고 드러냈다. 도리와 감정이 다르게 가는 까닭이다.

영사는 강호의 여자들도 팔자가 참 기박하다는 생각이 들
었다.

영사가 나가고 얼마 후에 춘현이 허겁지겁 영사의 방으로 뛰어들어 갔다. 그러더니 안색이 변해서 달려나왔다가 잠도 덜 깬 화연을 끌고 다시 그 방으로 들어갔다. 화연과 춘현이 나왔다가는 각각 정향과 계월, 그리고 진옥을 데리고 또 그 방으로 들어갔다.

제34장

색골 화연

영사는 비어 있는 방에 가서 이런저런 생각들을 정리하다가 잠깐 잤다. 일어나니 날이 이미 훤한데 방문 밖에 그림자가 어른거리고 있었다.

"들어와요."

영사는 침대에서 나오며 말했다.

"응."

하는 소리와 함께 정향이 화연과 계월, 진옥, 춘현과 함께 들어왔다. 얼굴에는 걱정이 가득했다.

영사는 춘현에게 물었다.

“그 사람들 일어났어요?”

“벌써 일어났어. 우리가 먹을 걸 가져다주고 오는 길이
야.”

다른 사람들이 볼까 봐 다선루에서 관리하는 직책에 있는
그녀들이 직접 음식을 들고 갔다는 말이다.

영사가 말했다.

“한동안 여기 있어야 할 것 같아요. 별채에 머물게 해주세
요. 다른 사람들에게는 비밀로 해요.”

정향이 불쑥 말했다.

“그 애들하고 잤니?”

화연 등의 표정도 그게 궁금한 모양이었다.

영사는 머리를 흔들었다.

“그런 일 없어요. 다만 사연이 좀 있었어요.”

정향이 다시 물었다.

“앞으로 같이 잘 거니?”

너무 직설적인 물음이었다.

영사는 금방 대답하지 못했다.

하지만 정향이 그의 말을 기다리고 있었다.

영사는 잠시 생각했다. 정향의 말이 침상에 가득하던 알몸
의 그녀들을 직접 연상시켰다. 여러 말도 표현할 것도 없이
그녀들은 아름다웠다. 또한 영사의 가슴 밑바닥을 화끈하게

데우는 그것, 색감(色感)이라고 할 수밖에 없는 그 무엇도 있었다.

영사는 어려서부터 아름다운 것을 좋아했고, 그 여자들은 아름다운 존재에 속했다. 살을 서로 비벼보고 혀끝으로 적셔보고 싶은 마음은 당연히 있었다.

정향이나 계월, 진옥 등은 여염집 여자가 아니었다. 여자의 거짓과 진실, 남자의 거짓과 진실을 수도 없이 대해왔기에 남녀의 성에 대해서도 필요할 경우에 조금의 망설임도 없이 서로 말할 수 있는 사람들이었다.

영사는 솔직하게 말했다.

"자고 싶어요."

정향은 당찬 여자다. 그녀는 한 번 잡은 고삐를 놓지 않고 말했다.

"여자하고 자본 적은 있니?"

영사는 웃으며 머리를 저었다.

정향이 화연에게 눈짓을 하면서 입을 다물었다.

화연이 영사에게 말했다.

"그 여자들, 색골(色骨)이다. 아직은 자기들도 모르겠지만, 그래도 그래."

영사는 화연을 보았다.

화연이 말을 이었다.

"여자들 중에는 누가 가르쳐 주지 않아도 일찍 색에 눈뜨는 애들이 있어. 남자 애들이 자라면서 호기심에 기웃거리는 것과는 아주 달라. 빠른 애들은… 여덟 살, 아홉 살이면 눈을 떠. 색기를 흘리기 시작하고."

영사는 그녀들이 함께 들어온 이유를 알았다.

"저한테 함께 온 이유가……."

당황해서 말하려는데 진옥이 말했다.

"맞아, 영사를 가르치러 온 거야. 우린 네가 이제 여자를 바로 알아야 된다고 생각했어."

영사는 고개를 끄덕였다.

진옥이 화연에게 계속 말하는 눈짓을 했다.

화연이 잠시 입술을 깨물었다가 말했다.

"성(性)의 기교도 저절로 깨달아. 그리고 참을 수가 없게 돼. 나도 그랬어."

큰 고백을 하는 듯했다.

화연은 실제로 아름다웠고 언제나 색기가 흐르는 듯한 여자였다.

영사는 묵묵히 들었다.

화연이 말했다.

"아무리 네 앞이지만 내가 이런 이야기를 하는 건 그 여자들이 나와 비슷했기 때문이야. 그래도, 또 네가 그 여자들에게 마음이 끌리지 않을 리 없을 테고, 이미 알몸을 봤다니 네 머리에선 아마 평생 동안 그 여자들 모습이 지워지지 않을 거야. 한 번씩 자기 전에는.”

“예.”

영사는 쓴웃음을 지으며 고개를 끄덕였다.

화연이 빙긋 웃으며 말했다.

“난 아홉 살 때 옆집에 사는 열두 살짜리 사내애를 우리 집에 데려와 내 몸을 만지게 하면서 놀았어. 그때 놀았던 방법들이 뒤에 와서 보니 기녀원에서 가르치는 거더라고. 어떨 때는 여러 명을 데려와서 내가 마음대로 부리면서 놀기도 했어. 그건 그것대로 재미있었으니까. 그래서 후에 기녀원에 팔려 올 때도 조금도 무섭지 않았다. 그래도 내가 창기가 되지 않고 기녀가 된 건 오로지 엄마를 잘 만난 덕이었어.”

그녀가 말하는 엄마는 재주를 가르쳐 준 기녀를 말한다.

“엄마 덕에 난 진짜 기녀가 될 수 있었지. 한 남자를 홀려서 혼을 빼고 그 사람한테서 많은 것을 얻어내는 것도 아주 재미있었어. 남자는 정을 여자한테 쏟아 붓기 시작하면 재산도 몸도 껍데기만 남게 되거든. 어떨 땐 이게 통쾌해서 남자한테 더 잘해줄 때도 있어. 조금 차이는 있어도 타고난 색골은 대체로 이래. 밥상에 한 가지 반찬만 올라오면 밥을 못 먹는 것처럼 남자도 한 남자만으로는 안 돼.”

화연은 잠시 멈췄다가 말했다.

"그 여자 애들은 다 나와 같아. 우리 기녀원에서도 나 말고는 두 명밖에 없어. 서명하고 소해 말이야. 한데 이상하게 그 애들은 다섯이 다 그래."

정향이 말했다.

"영사, 너 서명이하고 소해가 밤에 너한테 가려다 걸려서 죽도록 맞은 줄 모르지?"

영사는 정말 몰랐다. 그렇다고 대답했다.

화연이 웃으며 말했다.

"그년들은 백 사내 앞에 벗고 있어도 눈썹 하나 까딱 안 할 것들이야. 하지만 제 마음이 동하면 귓불까지 붉어져서 불판의 개미처럼 안절부절못해. 타고난 색골은 다 그러니까. 그러다가 붙잡힌 거야."

계월이 말했다.

"우린 강호가 어떤 덴지 잘 몰라. 영사야, 하지만 그 애들은 심상치 않아. 우리가 생각하기엔 일부러 색을 타고난 애들만 모아놓은 것 같아. 그러면서도 무슨 방법을 썼는지 아직 걔들은 색기가 밖으로 나오지 않거든. 여기엔 무슨 의도가 있을 거라 생각해. 네가 안 좋은 일에 휘말렸을까 봐 걱정이다."

계월의 표정만 아니라 모두의 얼굴에 염려와 불안이 가득했다. 그녀들은 영사가 있음으로써 시작된 다선루의 번영과 그녀들의 안락함이 깨어질까도 두려워하고 있었다.

"조심하겠습니다."

영사가 신중하게 말했다.

진옥이 한숨을 쉬면서 말했다.

"넌 우리 같은 것과는 다른 여자를 찾아야 해. 우린들 글을 읽었는데 사람 도리, 여자 도리 모르겠니? 타고난 팔자가 이러니 일부종사 못하고 붉은 마음도 지키지 못하고 살아가는 거지. 재주있고 덕있는 규수를 찾아야 해."

계월과 춘현이 고개를 끄덕였다.

영사는 실제로 그녀들의 그런 면을 개의치 않았지만 '아주머니들이 어때서요? 라고는 말하지 않았다. 그런 말은 그녀들을 더 비참하게 만들 뿐이었다.

정향이 말했다.

"넌 여기서 그칠 사람이 아니잖아. 난 많이 봤다. 총명하고 재주있는 젊은 공자가 여기 왔다가 화연이한테 빠져서 망가지는 걸. 총명과 재주도 때가 있어. 여색을 경계해야 해."

화연이 말했다.

"그래도 그년들 예쁘긴 정말 예쁘더라. 네가 참기 쉽지 않을 거야."

춘현이 조심스럽게 말했다.

"그중에 하나하고만 자는 건 괜찮지 않을까? 다 비슷비슷하고… 또 아직 색기가 뻗친 것도 아니니.”

영사는 웃음을 지었다.

춘현이 멋쩍게 따라 웃으며 입을 다물었다.

영사가 물었다.

“그녀들은 색기를 보이지도 않는다면서 어떻게 알았어
요?”

춘현이 자신있게 말했다.

“네가 나간 후에 다시 들어가서 봤거든. 그랬더니…….”

춘현은 화연을 힐끔 보면서 말했다.

“어딘지 모르게 비슷하잖아.”

화연이 ‘쳇’ 하고 소리를 냈다.

춘현이 말했다.

“몇 번이나 봐도 그렇길래 이대로 둬선 안 되겠다 싶어 화
연일 데리고 직접 가봤어. 첫째라는 계집애가 깨어 있었는데,
이불을 확 들추고 다시 살펴봤어. 화연이 맞다고 확인해 줬
어. 그래서 모두에게 알린 거야.”

진옥이 말했다.

“화연인 단번에 알 수 있겠지만 우리도 기녀로 늙었어. 보
통 사람들은 볼 수 없겠지만 우린 어렴풋이 느낄 수 있단다.”

화연이 말했다.

“그년들은 나처럼 기녀가 되는 게 옳아. 사랑이니 어쩌니

하면서 남자 만나봤자 그 남자만 망칠 뿐이야. 혼인이라도 하면 집안 쑥대밭 만드는 것쯤 식은 죽 먹기지. 기녀가 되는 편이 지들도 좋고 세상도 편안케 하는 거야.”

계월이 작은 소리로 말했다.

“강호인만 아니라면 여기서 가르쳐 일 시키면 매상이 몇 배는 오를 텐데…….”

진옥이 계월의 어깨를 밀면서 웃었다.

화연이 장난스럽게 말했다.

“후에라도 기녀가 될 생각 있으면 우리 집으로 오라고 해. 다른 데보단 훨씬 낫잖아?”

영사도 따라 웃고 말았다.

정향과 진옥 등은 영사의 여자 문제와 남자 교육에 대해서 좀 더 의논한 후에 일어났다. 어느 정도 안심한 것이 영사가 아직 그 하얀 계집애들에게 홀려 있는 것 같지는 않았기 때문이다.

춘현과 계월이 나가고 화연이 제일 나중에 자리에서 일어서더니 계월의 등을 힐끔 본 후에 영사의 귀에 대고 말했다.

“그래도 방법이 영 없는 건 아니다.”

영사는 의아한 표정을 지었다.

화연이 속삭였다.

“그냥 막 따먹고 버려 버리는 거야. 절대로 같은 여자와 다섯 번 이상 하지 않는다는 원칙만 가지고 있으면 제아무리 색골이라도 방법이 없어. 오히려 보약이지.”

화연의 숨소리가 말에 더해져 영사는 얼굴이 확 달아올랐다.

화연이 킥킥거리며 웃었다.

“계월 언니들은 그래도 자기가 여자라고 버림받는 걸 무서워해서 그런 생각은 못하는 거야. 사실 나 같은 색골은 안 그래. 버림받으면 더 짜릿하고 기분 죽이거든. 그래서 진짜 색골들은 자기를 버린 남자가 다시 오면 환장하고 다 던져 주는 거야. 또 버림받고 싶어서 말이야.”

영사는 황당해서 말했다.

“정말 이상하군요.”

화연이 눈웃음치며 말했다.

“이상하지 않으면 그게 이상하지. 이런 건 진짜 색골 아니면 아무도 몰라. 그러니까 색골들은 따먹고 버려 버리면 돼. 간혹 생각나면 또 그렇게 하고. 버린다는 게 중요해.”

그때 문앞에서 정향의 싸늘한 음성이 들렸다.

“참 좋은 거 가르친다.”

화연은 슬그머니 웃고는 엉덩이를 흔들면서 나갔다.

영사는 웬일인지 그녀에게서 셋째 선녀의 뒷모습이 연상되었다. 덤불에서 끌어내 그녀의 자매들에게로 던졌을 때 핑 그르르 돌던 그 모습이다.

정향은 그녀가 다 나간 후에 영사에게 말했다.

"너도 오늘은 방 안에 있지 않는 게 좋겠어."

"예."

영사는 대답한 후에 옷을 걸치고 나갔다. 해가 떠서 눈이 부셨다. 젊거나 어린 기녀들이 눈을 뭉쳐 눈사람을 만들거나 깔깔거리고 뛰어다니며 눈싸움을 하고 있었다.

제35장

맹세의 시험(試驗)과 심문(審問)

소나 말은 술을 잘 먹는다.

영사는 무공을 연습한 후에 태백에게 술과 닭고기를 주고 앞에 앉아서 놀았다.

태백이 다른 말 같았으면 어젯밤 굴렀을 때 뼈가 부러져 죽었을 것이다. 사자후에 영사의 공력이 흩어진 후에도 땅을 구른 태백의 뼈가 부러지지 않은 것은 그가 즐겨 먹는 닭고기의 공도 있었다.

"전장에서 전마는 건초만 먹는 줄 아니?"

이전에 반기정이 말한 적이 있었다.

"사람 고기든 뭐든 먹어. 그래야 힘도 쓰고 창칼이나 화살에 겁먹지 않아. 특히 사람 고기 맛을 안 말은 싸우면서 사람을 물어. 물어서 뜯어 먹어버리는 거야. 그런 말은 호랑이도 안 무서워해."

키가 큰 전투마는 힘도 세고 빠르다. 게다가 물기까지 한다면 정말 호랑이도 함부로 대들지 못할 정도가 된다.

영사는 그럼 어떤 고기가 말한테 먹이기에 제일 좋으냐고 물어보았다.

반기정은 단번에 대답했다.

"닭! 털을 뽑아서 줘도 좋고 그냥 줘도 좋아. 처음에 맛을 들인 땐 먹기 좋게 죽여서 주지만 나중에는 산 채로 그냥 던져 주면 돼."

영사는 지금 태백에게 생닭을 던져 주고 있었다. 멋모르는 닭은 태백 앞으로 던져지면 꼬꼬거리며 먹이를 찾기 시작한다.

하지만 대가리를 낮춘 태백이 단숨에 입에 물면 놀라서 꼬꼬댁 하다가 계란처럼 퍼썩 터지고 만다. 태백은 털과 뼈도 입 안에서 갈아 모조리 삼켜 버리는데, 그러면 남아 있는 것이라고는 날린 닭털 몇 개와 피 조금이 다였다.

술은 그 후에 배가 부르도록 마신다. 그런 후 한잠 자고 일어나면 태백은 힘이 넘쳐서 달리고 싶어 안달한다.

영사는 힘이 넘치는 태백의 그 모습을 좋아했다. 긴 다리와 긴 목, 빼어난 대가리와 차분하게 흐르는 갈기, 그리고 앞다리 사이의 터질 듯한 가슴과 미끈한 아랫배 하며, 키 크고 엉덩이 높은 여자의 뒤태를 연상시키는 모습이 역동적으로 움직이면 영사의 속에서도 태곳적부터 숨 쉬고 있었던 야성이 눈을 뜨는 것 같았다.

태백은 꼭 그 여자들을 많이 닮았다. 몸이 하얗기도 하지만 영사의 마음속에서 이성과는 상관없는 야성을 일깨우는 점에서 특히 그랬다.

영사는 태백의 머리를 쓰다듬으며 혼자 작은 소리로 말했다.

"그건 착하거나 나쁜 것과는 상관없을 거야. 화연 아씨도 얼마나 착해. 어쩌면 그건 선악이 나누어지기 이전에 사람 속에 숨어든 반신반마(半神半魔), 혹은 반쪽짜리 신이거나 반쪽짜리 마귀일 수도 있어."

그때 진옥이 걸어오면서 말했다.

"아직도 심난하니?"

영사는 웃으면서 일어났다.

"이제 됐어요."

진옥이 입가에 웃음을 머금고 말했다.

"어떻게 됐는데?"

영사는 머리를 긁었다.

"그냥 제 마음을 가는 숫돌로 쓰기로 했어요."

진옥이 아주 기뻐하며 말했다.

"잘 생각했다. 넌 여자에 빠져선 안 돼. 그 아이들 모습을 머리에 넣어두고 이길 수만 있으면 넌 세상에 그 무엇도 두려울 게 없는 대장부가 될 거야. 여자의 가슴에서도 침몰하지 않는 영웅 말이야."

영웅이나 높은 사람이나 그 뭐든지 간에 영사는 자기 마음 속에 있는 것들을 다른 사람의 입으로 들을 때면 기쁘고 쑥스러웠다.

하지만 영사는 그것도 자기의 이름과 마찬가지로 숨기려 하지 않았다. 그런 것들은 드러내 놓을 때 더 큰 기쁨을 주는 것이기 때문이었다.

진옥이 차분한 음성으로 말했다.

"그 애들이 너를 만나게 해달래."

영사는 흔쾌히 승낙했다.

"제가 가보겠어요. 저도 물어보고 싶은 게 있었어요."

그녀들은 영사의 침실에서 가까운 별채로 옮겨져 있었다. 정향 등은 아무도 별채로 접근하지 못하게 해놓고 한 사람씩 그곳에서 일을 보며 지키는 중이었다.

영사는 별채 앞에서 계월의 눈을 보고서 그녀가 지키는 대상에 자기도 포함된다는 사실을 알았다.

영사가 알아챈 것 같자 계월은,

"딴 맘 먹지 마."

하고 말하기까지 했다.

영사는 화연 같으면, '후딱 해치워 버려' 하고 말했을 거라고 생각하며 웃었다.

다섯 여자 중에서 화연은 파수를 볼 자격이 없었다.

들어갔을 때는 큰 방에 다섯 여자가 나란히 선 채 영사를 기다리고 있었다. 모두 춘현이 가져다준 옷을 입고 있었다. 첫째 선녀와 둘째 선녀는 아직도 내상을 치료하지 못해 상태가 좋지 않았다.

셋째 선녀가 굳은 얼굴로 살짝 미소를 지어 보였다.

영사는 탁자로 가서 앉으며 말했다.

"앉아요."

다섯 선녀가 절을 하면서 영사의 은혜에 감사를 표했다.

영사는 손을 저어 그만두게 했다.

"됐어요. 이미 충분해요."

계월은 영사를 따라서 방까지 들어와 있었는데, 그녀들이 일어나기 전에 영사에게 물었다.

"원래 자기들은 여섯 자매래. 혹시 네가 다른 한 명을 봤는지 알고 싶대. 죽었는지 살았는지."

첫째 선녀가 말했다.

"그렇습니다, 공자님. 그 애는 저희 중 다섯째 차오매라고 부릅니다. 머리카락이 저처럼 금색이랍니다."

영사는 그녀를 빤히 보면서 말했다.

"나도 묻고 싶은 게 있습니다. 선녀님은 제가 그녀를 만난 것을 어떻게 아셨어요?"

계월은 영사가 잘못 들어나 싶어 고쳐 말해주었다.

"네가 봤는지 못 봤는지 묻는걸."

하지만 영사는 그냥 웃으며 첫째 선녀를 보았고, 첫째 선녀는 창백한 얼굴을 붉히면서 말했다.

"저희는 처음 공자님을 봤을 때부터 알고 있었습니다. 공자님 가까이 가면 차오매가 가진 향기를 맡을 수 있었으니까요."

영사가 물었다.

"선녀님들은 모두 서로 다른 향기를 하나씩 가지고 있는가요?"

첫째 선녀가 머리를 숙이며 말했다.

"예. 저희만 맡을 수 있는 그 냄새 때문에 저희는 누가 저희 자매를 만났는지 항상 알 수 있습니다. 하지만 조금 떨어지면 그러지 못합니다."

참 이상한 여자들이었다.

영사가 물었다.

"제가 모른다고 대답했다면 아마 방법을 강구해서 복수하려고 했겠지요? 그녀를 죽였을 거라 생각했을 테니까."

첫째 선녀가 고개를 숙였다.

"그렇습니다."

둘째 선녀와 넷째 선녀, 그리고 막내 선녀의 얼굴에 참담한 빛이 흘렀다.

계월이 기가 찬 듯이 말했다.

"이런 것들이 선녀는 무슨 놈의 선녀야. 도의가 짐승만도 못한 것들이지. 발가벗고 죽을 걸 구해줬더니 사람을 시험하고 죽이려는 흉계를 꾸며?"

셋째 선녀를 제외하고는 고개를 들지 못했다.

막내 선녀가 허리를 숙이고 말했다.

"소녀들은 강호인이라 늘 흉계를 경계하지 않을 수 없습니다."

영사가 말했다.

"그녀는 제가 율람장에 데려다 주었습니다."

"아! 그럼 공자님은 차오매의 부탁으로 저희를 구하러 오셨던 거군요."

둘째 선녀가 고개를 들면서 말했다.

영사는 머리를 흔들었다.

"그녀는 부탁했지만 제가 선녀님들을 만난 것은 우연이었습니다."

첫째 선녀와 둘째 선녀 등이 또 허리를 숙여 인사했다. 차오매를 구해준 데 대한 감사였다.

계월은 화가 치밀었지만 그녀들이 자매를 챙기는 우애는 대단하구나 하고 생각했다.

첫째 선녀가 말했다.

"저희는 모두 고아입니다. 함께 자라 서로가 피붙이보다 더 중요하답니다. 이 때문에 공자님께 무례를 범했으니 용서해 주십시오."

영사는 단정한 표정으로 말했다.

"우리는 칼끝에 사는 인생이니 그 정도는 용서하고 말고 할 것도 아닙니다. 저도 미인을 보고 싶어 데려왔으니 은혜를 논할 것도 없습니다. 그러니 제 종이 될 필요도 없습니다."

첫째 선녀와 둘째 선녀가 해쓱해져서 막내 선녀를 보았다. 영사의 말은 그녀들이 급할 때 나서서 영사에게 구원을 청하며 했던 말을 힐난하는 것이었다.

종이 되겠다고 했던 것은 물론 영사를 시험하는 계책을 낸 것도 그 막내 선녀였다.

다른 사람들은 아무 말도 못하는데 셋째 선녀가 방긋 웃으며 말했다.

"전 처음부터 종이 되고 싶지 않았어요."

영사는 그녀의 말은 무시해 버렸다. 그녀와 이야기하면 자기까지 이상하게 되는 것 같았기 때문이다.

영사는 첫째 선녀에게 말했다.

"율람장의 그녀에게도 전해주세요. 제 종이 될 필요 없다고요."

"다섯째까지……!"

둘째 선녀가 놀라 소리쳤다가 입을 다물었다.

계월이 옆에서 기꺼운 표정을 지었다. 영사의 말에 무참하게 변한 못된 색골들의 표정을 보니 속이 후련했다.

하지만 속으로는 정향 등과 우스개로 했던 말처럼 색골들이니 종으로 삼아서 손님을 받게 하는 것도 괜찮겠다는 생각도 했다.

그녀가 혼자 의기양양한 기분이 되어 즐기는데 옆에서 스르릉! 하는 소리가 들렸다.

깜짝 놀라 보니까 영사가 검을 뽑고 있었다.

앞에 있던 다섯 중에서 한 명을 제외한 넷이 놀라며 움찔하거나 조금 물러섰다.

영사는 새파란 빛이 도는 장검을 바닥에 꽂아서 세웠다. 검의 손잡이가 혼자 좌우로 흔들렸다.

영사는 그녀들을 보면서 말했다.

"이제는 제가 묻는 말에 거짓없이 대답하세요. 한 사람에게 물을 때 절대로 다른 사람이 대답하면 안 됩니다. 그럼 저는 죽일 수밖에 없습니다."

그냥 하는 말이 아니었다. 단호한 살기가 영사의 입가에 머물러 있었다.

넷째 선녀가 떨면서 물었다.

"복, 복수인가요?"

영사는 고개를 끄덕였다.

"그렇군요. 원래 이렇게 물을 생각은 아니었지만 당신들이 방법을 정했군요. 이제 당신들이 시험받는 거예요."

이는 그녀들이 좋은 대접을 받을 수 있는 손님이었다가 목숨을 내놓고 심문을 받아야 하는 처지로 전락하고 말았다는 선언이나 마찬가지였다.

선녀라고 칭해오던 호칭조차 당신들로 바뀌었다.

영사는 원래 독한 데가 있었다. 온순하게 대한다고 해서 그게 영사가 가지는 모습의 다는 아니었다. 특히 영사는 복수에 민감했고 과감했다. 영사는 이전에 원원이 그랬던 것처럼 사람의 진실과 거짓을 판별하는 능력도 있었다.

계월은 그걸 알고 있기에 앞에 있는 다섯 색골이 정말 죽을 수도 있겠구나 하고 느꼈다. 같은 여자로서 불쑥 애처로운 마음이 생겼다. 자매간에 서로를 챙기려는 마음이 애틋하기도 했다.

그래서 영사가 말을 잠깐 멈춘 사이에 그녀가 입을 열었다.

"우리 공자님께서는 어떤 거짓말도 바로 알아내시는 분이다. 죽고 싶으면 또 시험해 봐라. 두 번 묻지 않고 목이 날아갈 것이다."

첫째 선녀 등은 그녀의 음성에 깃든 염려를 느낄 수 있었다.

체념과 부끄러움으로 머리를 숙인 첫째 선녀가 말했다.

"물어보세요. 검이 아니더라도 숨김없이 말씀드리겠습니다."

영사는 그녀를 지목하며 첫 번째 물음을 던졌다.

"당신은 동심원을 알고 있지요?"

강호에서 동심원을 아는 사람은 거의 없다.

첫째 선녀는 고개를 번쩍 들었다가 영사의 심혼까지 쏘아 보는 듯한 눈을 마주치고 몸을 부르르 떨었다.

그녀가 떨면서 물었다.

"여기는 동심원인가요?"

영사가 차갑게 말했다.

"나는 대답을 기다리고 있습니다."

첫째 선녀가 겨우 말했다.

"알고 있습니다."

영사는 다시 물었다.

"당신 외의 다른 사람들도 알고 있습니까?"

첫째 선녀가 고개를 끄덕였다.

영사의 음성이 알게 모르게 조금 변해 있었다. 첫째 선녀와 다른 사람들은 물론이고 계월마저 정신이 몽롱해지는 것을 느꼈다.

방 안에 있는 사람들이 느끼지 못하는 사이에 물이 가득 들어와서 차고 그들은 동시에 하나의 꿈을 꾸는 것 같은 상태에 빠져 있었다. 영사에게서 뻗치던 살기도 사라져 버린 것 같았다.

영사가 물었다.

"당신의 이름은 뭔가요?"

첫째 선녀는 그의 음성이 부드럽고 달콤하게 들렸다. 자기도 모르게 마음이 풀어져서 편안하게 웃으며 대답했다.

"저는 장규용(張奎容)입니다. 첫째라서 장일매라고 불립니다."

영사가 그녀에게 다른 사람의 이름을 말하라고 하자 그녀는 나이까지 차례대로 다 말했다. 장규용 그녀의 나이는 스무 살이었고, 둘째 선녀는 선우이매(鮮于二妹)로 불리는데 이름은 호기(浩祺)였고, 셋째 선녀는 조리(趙梨), 또는 조언리(趙偃梨)라는 이름이었으며, 넷째는 동 씨(董氏)로 이름은 수대(洙

黛)였다. 그곳에 없는 다섯째는 차림(車琳)이며, 마지막 여섯
째는 성이 강(姜)이고 이름은 설(雪)이었다.

그녀들의 나이는 모두 위에서 한 살씩 차이가 나니 셋째인
조언리는 열여덟 살, 다섯째 차림은 열여섯, 막내 강설은 열
다섯 살에 지나지 않았다.

하지만 그녀들은 막내조차 키가 첫째와 서로 비슷할 정도
로 컸다.

영사는 둘째 선우호기에게 물었다.

"동심원은 어떤 곳인가요?"

선우호기가 주먹을 꼭 쥐면서 말했다.

"아주 나쁜 놈들입니다. 철천지원수예요. 그들은 오 년 전
에 갑자기 공격해 와서 우리 교의 사람들을 거의 다 죽였습니
다. 교주님도 그때 실종되셨고 다른 곳에 있었던 민 장로(閔
長老)님과 우리만 살아남았습니다."

영사는 장규용에게 다시 물었다.

"왜 그들이 경교를 공격했습니까?"

장규용이 말했다.

"민 장로님께서 말씀하시길, 지난번이 처음은 아니었다고
합니다. 그들은 아무 죄도 없는 우리를 죽여 말살하려 하는
마귀 같은 자들입니다. 당나라 때 그토록 번성했던 우리 교가
지금처럼 몰락한 이유는 오직 그들이 우리를 죽이고 훼방 놓

았기 때문입니다. 그들은 힘이 몹시 강해서 불(佛)을 믿는 승려들과 태상노군(太上老君)을 모시는 자들조차 움직여서 우리를 욕하고 공격하게 했습니다. 우리 경교를 반대하는 모든 배후에는 그들이 있었는데, 마침내 우리 교의 교중이 아주 줄어들자 직접 살수를 펼치기에 이르렀던 것입니다.”

영사가 알기에 동심원은 강호의 세력을 암암리에 관리하는 곳이었다. 사문의 중요한 흐름 중에 하나였으며, 그들은 강호의 신흥 세력을 도와 번성하게 하는 경우도 있고 흔적도 없이 몰살시켜 버리는 경우도 있었다.

경교는 후자에 해당된 모양이었다.

지금의 동심원은 믿을 수 없지만 사부 우전의 말에 따르면 사문은 결코 이유없이 일을 저지르는 곳이 아니었다. 그녀들의 말은 어쩌면 동심원과 사문의 지금 현재의 모습을 알려주고 있는 것일 가능성도 컸다.

영사는 우선 사문이 경교를 제거하려고 한 이유가 어디에 있는지 알아보기 위해서 물었다. 가장 어린 강설에게였다.

“당신들은 거의 기척도 없는 산공독을 무턱대고 사용하더군요. 비림에서 늘 그걸로 사람들을 해쳤는가요?”

막내 강설이 몽롱한 중에도 창백한 표정으로 대답했다.

“저희는 어리고 교주님께서 갑자기 실종되셨기 때문에 남을 죽이는 강력한 수단을 배우지 못했습니다. 민 장로님께서도 무공보다는 교리에 연구가 깊은 분이셨습니다. 저희는 비림에서 연공하는 중에 저희를 지키기 위해서만 어쩔 수 없이 그런 수단을 펼쳤습니다."

영사가 넷째 동수대에게 말했다.

"무공이 이상하더군요. 나는 사람이 새처럼, 아니, 새보다 자유롭게 날 수 있는 무공이 있다는 말을 들은 적이 없습니다. 그런 무공을 가진 당신들이 산공독을 써서 사람을 죽여야 할 만큼 약할 것 같지 않군요."

동수대가 대답했다.

"저희가 나는 것은 교중의 믿음을 높이기 위해서 오랫동안 연구해 온 결과입니다. 무공이기는 하지만 대단히 어려운 것은 아닙니다. 다만 어렸을 때부터 특별한 방법을 따라서 훈련해야 하고 반드시 비천항(飛天缸)을 가지고 있어야 합니다."

영사는 계속 그녀에게 물었다.

"약하다면 왜 동심원의 사람들이 공격해 왔을 때 멀리 날아가 버리지 않고 싸우다가 붙잡혔어요?"

동수대가 한스러운 듯 힘없이 말했다.

"저희는 높게 날지 못합니다. 아주 빨리 날지도 못해요."

수긍이 되었다.

하지만 항아리 하나를 안고서 마음대로 날 수 있다는 것은 여전히 놀라운 일이었다. 그녀들의 미모가 있으니 보는 사람들은 누구든지 선녀를 보았다고 생각하지 않을 수 없을 것 같았다.

육선녀는 경교에서 포교를 위해서 큰 공을 들여서 키워냈음이 분명했다.

영사는 고개를 끄덕이고 첫째 장규용에게 물었다.

"비림에서 연공을 했던 것은 바로 그 무공인가요?"

장규용은 얼굴을 붉히며 대답했다.

"아닙니다."

말이 짧았다. 그녀는 몽롱한 중에도 말하기를 꺼렸다.

영사는 즉시 셋째 조언리에게 물었다.

"어떤 무공을 비림에서 익히는 중이었어요?"

조언리가 눈을 반짝이며 말했다.

"극기동잠공(克己動箴功)이라는 거예요. 눈이 올 때 비림에서만 익힐 수 있어요."

"왜 그런가요?"

영사가 다시 물었다.

조언리가 대답했다.

"교주님이 실종되었기 때문입니다. 그 후로 민 장로님이 극기동잠공을 연공하려면 비림에 있는 석경(石經)에 누워서 해야 한다고 했어요. 교주님이 계실 때는 그냥 교주님이 만들어주신 약을 눈이 오는 날마다 먹으면 됐어요."

영사가 이상하다는 듯이 물었다.

"극기동잠공은 어떤 무공인가요?"

조언리가 말했다.

"아무 쓸모도 없는 무공이에요. 하지만 우리는 그걸 익히지 않으면 안 된다고 들었어요. 눈이 오는 날 밤이면 속에서 이상한 게 마구 끓어오르니까요. 그때는 제 속에 작은 짐승이 들어 있는 것 같아요. 하지만 석경에 누워 눈을 맞으면서 극기동잠공을 연마하면 괜찮아져요."

들을수록 이상한 이야기였다.

영사가 말했다.

"그걸 연마하는 데 사람들을 죽여야 할 이유는 없을 것 같군요."

조언리가 한숨을 쉬면서 말했다.

"그 사람들이 가만두려고 하지 않았으니까요. 그냥 가라고 해도 소용이 없었어요. 저희는 두 사람이 연공하면 그동안 네 사람이 지켜주는데, 사람들은 꼭 가지 말라고 하는 석경 쪽으로 가려고 해요. 거기엔 가면 안 되는데, 연공 중에는 몸에서 이상한 게 빠져나가며 사람들을 끌어당기는 것 같아요."

영사가 넷째 동수대에게 물었다.

"왜 그런가요?"

동수대가 고개를 숙인 채 얼굴을 붉히고 대답했다.

“연공하는 중에는 옷을 벗어야 하니까요.”

영사는 입을 다물었다. 대체로 윤곽이 잡혔다.

잠시 침묵이 흘렀다. 다섯 선녀는 서 있었지만 수초처럼 몸을 일렁거렸다.

영사는 잠시 생각한 후에 장규용에게 물었다.

“민 장로라는 사람은 독을 다룰 줄 아는가요? 당신들의 산공독은 누가 만든 거죠?”

장규용이 대답했다.

“장로님은 독을 몰라요. 산공독은 강육매가 유령산장에서 배워온 거랍니다.”

유령산장이면 영사도 사용해 본 적이 있는 청씨사남매를 만든 그곳이었다.

영사는 유령산장이라는 말에 고개를 끄덕였다.

그녀들의 산공독은 청씨사남매의 대남과 비슷한 데가 있었고, 그 정도라면 대비하지 않은 고수는 순식간에 무력화시킬 수 있을 거라 생각되었다.

육선녀가 각자 하나씩 가졌다는 이상한 향이나 산공독 등은 모두 유령산장과 관계가 있는 것이었다.

영사가 물었다.

“동심원의 사람들이 공격해 왔을 때는 산공독을 사용하지 않았습니까?”

장규용이 고개를 흔들었다.

"사용했지만 소용이 없었어요. 총순찰이라는 여자는 너무 무서웠어요. 산공독을 손으로 끌어당겨서는 불을 일으켜서 태워 버렸으니까요. 우리는 그 여자를 조금도 당해낼 수 없었어요. 겨우 차오매만 기지를 써서 빠져나갔어요. 그애는 몹시 총명하거든요."

영사는 다시 막내 강설에게 물었다.

"총순찰은 왜 당신들을 죽이지 않았어요?"

강설이 말했다.

"우리 은신처를 알려고 했어요. 그리고 우리가 나는 비밀도 탐을 냈어요."

영사는 선우호기에게 물었다.

"천복사에서 어떻게 탈출할 수 있었어요?"

선우호기가 힐끔 장규용을 보고 대답했다.

"잡혀가는 동안 언니가 가르쳐 줬던 방법을 썼습니다."

영사가 말했다.

"말해보세요."

선우호기가 상기된 얼굴로 말했다.

"극기동잠공에 있는 비결입니다. 그걸 사용하니…… 우릴 괴롭히려던 남자들이 바지를 벗고 달려들었습니다. 너무 무서웠는데 그 남자가 제 몸에 손을 대더니 자기의 내공을 옮겨

주고 죽어버렸어요."

내공을 옮겨준 것이 아니라 빼앗겼을 것이다. 영사는 그녀들이 자기를 시험한 후에 죽이려고 했을 때도 그 방법을 쓰려 했겠구나 하고 생각했다.

선우호기가 말을 이었다.

"그 후에 우린 황씨청맹쌍아(黃氏靑盲雙兒)를 사용해서 빠져나왔습니다."

영사가 물어보니 황씨청맹쌍아도 유령산장이 만든 이상한 은신의 묘약인데 그녀들이 어려서부터 사용해 온 것이라 했다.

그 약은 금잠(金簪:금비녀) 속에 한 사람이 딱 한 번만 사용할 수 있을 만큼 들어 있는데 사용할 때는 침을 섞어서 몸에 엷게 바르는 것이었다. 그러면 보통 사람은 잘 맡을 수 없는 향기가 퍼지고, 무심중에 그 향기를 맡은 사람들은 약을 바른 사람을 보더라도 본 줄을 몰랐다.

심지어 다른 사람들은 보이지도 않는 그 사람을 피해서 가기도 했지만 발견하지는 못하는 이상한 약이었다. 하지만 그러려면 반드시 옷을 모두 벗어야 했다.

장규용 등은 네 사람의 내공을 빼앗아 죽인 후에 황씨청맹쌍아를 사용해 모습을 감추고 비천항에 의지해 서로 도우며 날아서 탈출했으나, 빼앗았던 공력은 정착되지 않은 것이라

금방 바닥이 나고 눈 위에 벌거벗은 채 내려서지 않을 수 없었던 것이다.

영사가 그녀들을 발견했을 때는 벌써 황씨청맹쌍아의 향기도 희미해지고 있던 차에 영사는 냄새를 맡자마자 호흡을 멈췄기 때문에 그녀들을 고스란히 볼 수 있었다.

영사는 속으로 생각했다.

'이 여자들은 날아다닐 수 있을 뿐만 아니라 눈에 보이지 않을 수도 있으니 모르는 사람은 정말 선녀라고 생각하지 않을 수 없겠다. 하지만 말할 수 없이 아름답기까지 하니 정말 위험한 여자들이다. 내가 만약 새벽에 춘현 아주머니 말대로 방으로 들어가 저 장규용을 품었더라면 공력을 빼앗기고 죽었을 가능성도 크다. 그때 저 여자만 정신을 차리고 기다리는 듯한 태도를 보이고 있던 것이 바로 그것 때문이었겠지.'

영사는 쉬워 보이는 여자일수록 강호에서는 더 조심해야 겠다고 다짐했다. 등줄기로 또 식은땀이 흘렀다.

어젯밤 비림에서 태백을 타면서 느꼈던 것처럼 아직도 외줄로 건넌 후에 돌아보는 천길 벼랑이 계속되고 있는 것 같았다.

사는 것이 이래서는 안 된다. 영사는 다시 한 번 결코 밑을 보거나 옆으로 걸음하지 않겠다고 마음먹었다.

지난밤 결심한 후에 또 이런 일이 있었다는 것은 스스로 맹세를 시험당한 것이나 마찬가지였다.

만약에 옆걸음 쳤더라면 영사는 자기도 모르는 사이에 벼랑에 떨어져 죽은 백골과 같은 처지가 되어 있었을 것이다.

우연일 수도 있지만 영사는 이것이 맹세와 약속을 중시하는 사문의 율법과도 연관이 있을지 모른다고 생각했다.

사문의 무공들에 당사자는 알 수없는 파훼법들이 숨어 있었던 것처럼, 영사가 익힌 무공 속에도 맹세와 율법을 깨뜨릴 때 저절로 징계하는 수단이 도사리고 있지 않을 것이라고 장담할 수가 없었다.

사문의 율법을 다 모르고 있다는 사실이 꺼림칙했다.

영사는 원래 마지막으로 그녀들에게 두 가지를 더 물어보려고 마음먹었으나 그 정도에서 그치는 편이 좋을 것 같았다.

그중 한 가지는 자기에게 말해주고 싶은 게 있으면 말해달라는 것이었고, 다른 한 가지는 자기에게 꼭 숨기고 싶은 게 있으면 그게 뭔지 말하라는 것이었다.

영사는 그때까지 바닥에 꽂힌 채 자기의 내공에 따라 흔들리고 있던 검의 자루를 잡아 뽑았다. 길었던 심문은 끝났다.

검의 푸른빛이 크게 흔들리며 그 방에 있던 모든 사람들이 '아!' 하는 소리를 내면서 깨어났다.

영사는 검을 칼집에 꽂은 후 일어서며 말했다.

"당신들은 내상이 나을 때까지 여기 있어도 됩니다. 하지만 마음대로 하지는 마세요."

장규용과 선우호기 등은 자기들이 영사에게 무슨 말을 했는지를 깨닫고 다리를 후들거리다가 주저앉고 말았다.

영사는 문으로 걸어가 버렸고, 계월이 여기가 어디냐고 묻는 조언리의 물음에 대답해 주었다.

"기녀원이다."

동수대와 강설이 겁에 질린 눈빛으로 계월을 보았다.

계월은 그녀들을 무시하고 영사를 뒤쫓아 나갔다.

"꼭 꿈꾼 것 같다."

따라 나온 계월이 말했다.

영사가 싱긋 웃으며 말했다.

"산악잡희단에서 가끔 쓰는 섭심술이었어요."

"사람 세워놓고 몽유병 걸린 것처럼 걸어다니게 하는 그것?"

"예."

영사가 대답하자 계월이 말했다.

"나도 배웠으면 좋겠다. 일꾼들 중에 게으른 녀석들과 거짓말하는 녀석들 좀 골라내게."

"요녀 소릴 들을 걸요."

하면서 영사가 웃었다.

눈 내린 뒤의 하늘이 맑다.

영사는 자기 마음속에서도 찐득거리던 것이 말끔하게 씻
겨 나간 것 같은 후련함을 느꼈다.
영사는 힘차게 걸어가며 말했다.
"일해야겠어요."

# 제36장

그녀들의 몫

영사의 일은 계월과 진옥 등이 가져다주는 서류를 보고 그녀들이 말하는 별난 사람들의 이야기를 듣는 것이었다.

또한 자기가 아는 것과 생각하는 것들을 정리하고 그 서류들을 보면서 혹시 빠뜨리고 있는 게 없는지 찾아보는 것이기도 했다.

침실에 앉아서 이전 서류를 뒤적이며 사람에 대한 상상력을 펼치고 있을 때 일꾼이 달려와 아뢰었다.

"공자님께 손님이 찾아오셨습니다."

곽세광이 찾아온 것이다.

곽세광은 다선루에 오더라도 기녀들이 있는 방에는 들어
가지 않았다. 그는 바깥에서 기다리다가 영사의 방으로 곧장
왔다.

"단 공자, 오랜만이야!"

과장되게 인사를 하면서 곽세광이 들어왔다.

영사는 그를 자기의 탁자 앞에 앉게 했다. 한데 곽세광은
무슨 용무인지를 말하지 않고 그답지 않게 첫눈인데도 눈이
많이 왔다느니 오는 도중에 보니 까치가 얼어 죽었다더라는
등의 말을 했다.

곽세광은 사람이 수두룩하게 죽었다면 몰라도 까치가 죽
은 것에 신경 쓸 사람이 아니었다.

영사는 한 번 웃고 나서 말했다.

"곽 대인, 오늘은 몹시 바쁩니다."

곽세광이 서운한 듯이 얼굴을 일그러뜨리더니 말했다.

"에이 시팔, 좋다. 그냥 다 말하지."

영사는 빙그레 웃었다.

곽세광이 말했다.

"내가 어디 좀 갔다 와야겠어."

"어딜 말입니까?"

영사가 물었다.

곽세광이 좀 무거운 표정으로 말했다.

"명사산(明沙山)."

명사산은 돈황에 있는 산이다. 그곳은 모래로 된 산이라 풀도 없고 나무도 없다. 당연히 사찰이나 도관도 없는 곳인데, 산의 크기는 동서로 백 리, 남북으로 오십 리였다.

명사산은 사람이 볼일 있어 갈 산은 못 되었다.

곽세광이 말했다.

"욕심이 좀 생겨 버렸어. 씨발 것. 다 단 공자 때문이야."

"욕심은 원래 많았잖습니까."

영사가 웃으면서 말했다.

곽세광은 아예 듣지 못한 것처럼 무시하고 자기 말을 했다.

"거기서 무공을 좀 닦고 올 생각이야."

영사는 곽세광에게 찻물을 따라주었다.

곽세광은 거친 사람이기는 했지만 야심도 있고 머리도 있었다. 영사가 준 창술 비급을 보다가 야심이 더 커진 모양이었다.

"명사산이 적합한가요?"

영사가 물었다.

곽세광이 말했다.

"거기가 사막인 것만은 아니야. 월아천(月牙川)이 있어. 항상 물이 있지. 생각해 보니 아무래도 창술은 모래 위에서 익히는 게 나을 것 같더라고. 그래서 말인데… 단 공자한테 부탁을 좀 해야겠어.”

영사가 흔쾌히 고개를 끄덕였다.

곽세광은 조금 안도하면서 말했다.

“사실은 나도 방파를 하나 만들었으면 해. 왈패 패거리들이 아니라 진짜 방파 말이야. 젠장, 나도 애새끼가 커가는 데 이런 짓만 하고 살 수는 없잖아? 그놈들은 좀 다르게 살게 해야지. 그래서 말인데, 단 공자가 좀 도와줘야겠어.”

곽세광은 그 말을 얼마나 머릿속에서 하고 싶었는지 계속 비슷한 소리를 반복했다.

“계집들은 떡만 잘 치면 어디서 뭘 빨던 년이었든 아무 상관 없는데 말이야. 젠장, 뒤지든 말든. 한데 애 새끼는 안 그렇더라고. 그런 년이 낳은 것도 내 새끼라고 예뻐 죽겠더란 말이야. 내가 이런 짓하면서 살다가 덜컥 칼 맞아 죽고 나면 고 새끼들 어떻게 되겠어. 씨발. 내가 방여해 그놈 새끼들을 죽였던 것처럼 다 죽을 거 아냐.”

‘씨발!’ 할 때는 후회와 걱정으로 곽세광의 눈에 눈물이 글썽거렸다.

영사는 묵묵히 들었다.

곽세광이 소매로 쓰윽 닦고 나서 말했다.

“고놈이 이제 네 살이야. 그래서 말이야. 단 공자가 좀 도와줬으면 좋겠어. 난 기루니 술집이니 도박장 이딴 것에서 손을 뗄 생각이야. 그냥 방파를 만들어서 물려주려고 해.”

곽세광의 야망이 생각보다 컸다. 단순히 조직을 키우는 정도가 아니라 자기 새끼를 번듯하게 키우려 하고 있었다.

영사가 말했다.

“돈이 많이 들 텐데요.”

곽세광이 소매 속과 품 안에서 서류 뭉치를 주섬주섬 꺼냈다.

영사는 머리를 흔들었다.

“전 곽 대인 사업을 다 인수할 수 있을 만한 돈이 없어요.”

곽세광이 말했다.

“지금 돈을 내놓으라는 게 아니라. 젠장할. 이걸 그냥 받고 단 공자 수익금의 일 할만 떼줘. 매년.”

도박장과 다른 기루 두 개, 객점이 세 개, 작은 주루가 여섯 개, 그리고 채석장이 하나였다. 전체 가치로 따지면 다선루의 일곱 배 이상 값어치가 있었다.

곽세광은 부하들도 다 정리하고 오십 명 내외만 남겨놓을 생각이었다. 그 정도 규모면 작은 방파 하나 만들어서 지역의 이권에 참여하여 번듯한 사업을 시작할 수는 있었다.

물론 무공이 받쳐 준다는 전제 하에서였다.

곽세광이 히죽 웃었다.

“그래야 내 새끼도 앞으로 공자님 소릴 들을 것 아니야.”

영사는 마다할 이유가 없었다. 하지만 쉬운 일에는 오랜 경험이 바탕이 되지 않는다면 항상 함정이 도사리고 있는 법이었다.

영사가 말했다.

"곽 대인 뜻은 알겠습니다. 하지만 오늘 찾아오게 된 이유를 알아야겠군요."

곽세광이 놀랍다는 듯이 눈을 동그랗게 떴다. 그러더니 입을 크게 벌리고 한 번 웃은 후에 말했다.

"단 공자, 내가 말이야, 생각은 오랫동안 했지. 하지만 솔직히 이게 쉬운 게 아니잖아? 단 공자가 먹고 주둥이, 아니, 입 닦아버리면 나만 개털이니까. 그래서 혼자 속으로 끙끙거리고 있었는데 말이야, 오늘 아침에 골치 아픈 개새끼 하나가 우리 집에 왔더라고. 필연생이라는 새낀데, 우리 바닥에서는 건드릴 수 없는 놈이거든. 그런데 그 새끼가 단 공자에 대해서 묻지 뭐야. 전에는 부하들한테 묻고 다니는 것 같기에 모른 척했는데 이번엔 그게 안 되더라고. 뭐, 내가 했던 말은 별것없어. 단 공자가 방여해 그 새끼 안 죽였으면 튀지도 못했고 그 새끼한테 피 쪽쪽 빨려 죽었을 거라는 것밖에."

"그게 다요?"

영사가 물었다.

"다지."

곽세광이 말했다. 입을 잠시 다물었다가 다시 말했다.

"혹시 내 밑에 단 공자 같은 놈이 없으란 법이 어디 있어."

그게 다가 맞았다.

곽세광은 자기가 필연생에게 해줬던 말에 자기가 겁을 먹었던 것이다. 그가 간 후에 바로 사업장의 문서들을 챙기고 서류는 언제든지 살펴볼 수 있도록 준비해 놓으라고 일일이 지시한 후 영사를 찾아온 것이었다.

영사는 서류를 한쪽으로 밀어놓고 물었다.

"언제 떠날 겁니까?"

곽세광이 말했다.

"오늘 당장. 사업장하고 마누라들한테는 다 이야기해 놨어. 그냥 찾아가면 돼."

영사는 고개를 끄덕거렸다.

곽세광이 일어서면서 작은 소리로 말했다.

"새끼는 데려갈 거야. 좀 오래 걸릴지도 몰라."

곽세광은 영사에게 사업장의 현 상태에 대해서 간단하게 말해준 후에 정말 그날로 떠났다. 다선루 앞에서 기다리고 있던 부하 오십 명과 네 살배기 아들을 동반했다.

영사는 곽세광의 아들이 곽세광의 다리에 착 달라붙는 것을 보았다. 곽세광은 좋은 남편일 가능성은 털끝만큼도 없었다. 하지만 그는 좋은 아버지로 보였다.

영사는 저녁이 되었을 때 정향과 진옥 등을 불렀다.

"재산이 좀 늘었어요."

그녀들은 다선루의 장부를 보는 사람들이니 그 사실을 모를 리가 없었다. 서안에서는 다선루에 들어가지 못한 손님만 다른 기루에서 받는다는 말이 있을 정도였다.

영사의 말이 칭찬인 듯하여 모두 기쁜 표정을 지었다.

"모두 네가 있는 덕분이지."

진옥이 말했다.

영사가 웃으며 말했다.

"단번에 좀 많이 늘어버렸어요. 기루 두 개에 객점이 세 개, 주루가 여섯 개, 그리고 채석장과 도박장이 생겼어요."

모두 놀라서 입을 딱 벌렸다.

영사가 말했다.

"곽 대인이 맡겼어요. 대신 우리가 얻는 수익의 일 할을 그에게 줘야 합니다."

계월은 여전히 놀라면서도 떨떠름한 표정을 지었다.

"일 할은 너무 커. 이건 네가 실수한 것 같아."

화연이 말했다.

"언니, 겨우 일 할인데 뭘 그래? 술장사, 몸 장사에 그까짓 거 없다고 치면 되지. 그래도 재산은 있는 거잖아."

계월이 화연을 흘겨보며 말했다.

"넌 우리 단 공자가 겨우 이 정도라고 생각하니? 앞으로 사업은 백 배 천 배 더 커질 텐데."

계월은 서류를 밀쳐 버리는 시늉을 하며 말했다.

"그때 일 할이면 이까짓 것들쯤은 한 번에 다 사고 남을 수도 있어."

"그렇네……."

화연의 입이 쏙 들어갔다.

계월이 말했다.

"교활한 곽세광이 미리 수를 쓴 거야."

영사가 말했다.

"장부 속일 생각 하지 말아요."

계월이 흠칫하며 웃었다. 그녀는 곽세광에게 줄 돈을 줄이기 위해서 장부를 조작할 생각을 했던 것이다.

영사가 웃으면서 말했다.

"돈 조금 지키려다 사람 잃어요. 심하면 자기 목숨도 잃어요."

영사는 웃고 있었지만 계월과 진옥, 그리고 춘현 등은 간담이 서늘하여 눈을 내렸다.

영사가 말했다.

"그도 우리를 믿고 전 재산을 맡겼어요. 또 자기가 수익의

일 할을 가져갈 만큼 역할을 할 거라고 믿고 있겠지요. 우리
도 그래요. 우리가 앞으로 더 큰 기업을 이룰 것이라 믿고 있
어요. 그런데 그가 역할을 못해내고 돈만 챙기려 한다고 생각
해서는 안 돼요."

화연이 말했다.

"그렇다. 그건 좀 도둑놈 심보다. 네 말대로 그는 전 재산
을 맡겼는데. 어느 날 네가 훌쩍 떠나 버리기라도 하면 그는
무슨 꼬락서니가 돼? 그런데도 다 맡겼잖아."

영사가 말했다.

"누구든 다 자기 몫이 있어요. 아주머니들과 아씨들도 마
찬가지예요."

계월이 한숨을 쉬면서 말했다.

"내가 생각이 짧았어."

영사는 문서들 중에서 하나를 골라 계월에게 건네주었다.

"아주머니가 여길 맡아서 해보세요. 장사가 제일 잘 안 되
는 기루예요."

"억!"

계월의 입이 딱 벌어졌다. 정향 등도 놀라서 잘못 들었나
하며 영사를 다시 보고 있었다.

영사가 말했다.

"홍화루(紅花樓)는 여기 다선루만큼 크진 않아요. 하지만

잘 만들어진 곳이랍니다. 다시 손보고 특색있게 하면 괜찮을 거예요."

계월이 정신이 황망한 상태로 말했다.

"그럼 내가 총관……."

"예, 총관(總管)이에요."

영사가 웃으면서 말했다.

계월이 벌떡 일어서며 말했다.

"내가 어떻게!"

그녀는 흥분으로 몸을 떨고 있었다. 하나의 기루를 책임지는 총관이면 실제 행하는 것은 주인과 다를 바가 없었다. 감히 한물간 기녀가 꿈꿀 수 있는 일이 아니었다.

영사가 말했다.

"당분간은 여기 일과 같이 하세요. 그쪽은 손볼 때까지 문을 닫고, 거기 있는 사람들은 정향 아씨가 교육을 시켜주세요."

"그래."

정향이 대답했다.

영사는 계월에게 말했다.

"내일 홍화루에 가서 직접 둘러보고 시킬 것 시킨 후에 장부를 가져오세요. 그리고 여기 일을 앞으로 누구한테 맡길 것인지 생각해 보고요."

계월은 앉았지만 눈이 멍하게 되어 부르르 떨다가 주먹을 불끈 쥐고 미친 것처럼 히죽거리기도 했다.

정향 등은 영사가 자신들에게 큰일을 맡기려 한다는 것을 알고 간을 졸인 채 앉아 있었다.

영사가 다시 문서 하나를 집어서 보여주며 화연에게 말했다.

"낙원루(樂園樓)예요. 할 말은 계월 아주머니와 마찬가지예요. 아씨가 총관입니다."

예상은 했지만 화연이 그 말과 함께 활짝 웃으며 턱을 떨었다.

"난… 일 잘 못하는데……. 그래도……."

영사가 웃으며 말했다.

"잘하는 것도 있잖아요. 서명과 소해 아씨를 데려가세요. 홍화루에서도 마음에 드는 사람 있으면 데려가고요."

"호호호호!"

화연이 웃음을 터뜨렸다. 색골 소리를 듣는 여자들은 모두 낙원루로 가라는 소리였다. 낙원루가 어떻게 운영되기를 원하는지 화연도 선명하게 알 수 있었다.

영사가 말했다.

"낙원루는 하얗게 했으면 좋겠어요. 흰 비단처럼 하얗게 장식하고 옷도 하얗게 입고요."

화연이 킥킥거리며 말했다.

"마치 선녀처럼?"

영사는 웃음을 참으면서 고개를 끄덕거렸다.

"하얀 게 좋더군요."

육선녀의 속살을 두고 하는 농이었다.

긴장이 깨어져 모두 배를 잡고 웃었다.

웃음이 그치자 영사는 춘현에게 말했다.

"여기는 아주머니께서 맡으세요. 여태까지 해오던 것처럼 하세요."

춘현이 기뻐하며 말했다.

"난… 객점이나 주루를 맡을 줄 알았는데, 이 큰 것을……."

영사는 정향과 진옥에게 말했다.

"두 분께는 아무 기업도 맡기지 않아요."

정향이 조금은 서운한 듯한 표정으로 말했다.

"응, 지금도 하는 일이 있잖아."

진옥은 웃으며 말했다.

"난 더 바라는 게 없어. 능력도 없고."

영사가 두 사람을 보면서 가라앉은 어조로 말했다.

"제가 잘못 가지 않게만 봐주세요."

진옥과 정향은 눈을 크게 떴다.

영사가 웃으며 말했다.

"앞으로도 아주머니들과 아씨를 변하지 않고 지금처럼 대할 수 있게요."

"영사, 넌 정말……."

정향의 눈에 눈물이 핑 돌았다.

화연이 울면서 영사를 와락 안아버렸다.

진옥과 계월, 춘현도 소매로 눈물을 닦았다.

영사가 잘 나오지 않는 음성으로 말했다.

"제 안에는 아씨들과 아주머니들이 가져야 할 몫이 있어요."

영사가 이털보의 집에서 죽도록 맞고 다선루로 왔던 어린 날, 그녀들은 매화 다음으로 영사를 걱정해 주었고, 영사가 배움에 목말랐을 때 그녀들이 알던 것들을 남보다 앞서 가르쳐 주었던 사람들이다.

제37장

조언리의 '나는 그래'

영사는 도박장과 객점 등은 모두 원래 해오던 대로 운영하게 했다. 그럼에도 며칠 동안 정신없이 바빴다. 무공을 연습하는 시간 외에는 새벽부터 밤늦게까지 의논하고 정리하고 궁리해야 했다.

어느 날 밤에 정향이 홍화루와 낙원루에 몰두하고 있는 영사에게 안쓰러운 듯이 물었다.

"도박장의 수입은 우리 다선루보다 큰 것 같은데 왜 그것부터 손대지 않고 기루들만 정비하려는 거니?"

그녀의 말대로 도박장은 수입도 많았고 장부를 봤을 때 개

선의 여지가 더 많았다.

영사가 엉뚱한 소리를 했다.

"머리는 위에 있죠?"

"그래."

정향이 대답했다.

영사는 짓궂게 웃으며 말했다.

"그럼 가운데 있는 게 뭐예요?"

"이런, 녀석. 엉큼하게."

정향이 눈을 흘기며 영사의 팔을 꼬집었다.

영사가 말했다.

"어쩌면 제가 여기서 있었기 때문에 중요하게 여기는지도 몰라요. 이유는 가져다 붙일 수도 있는 거니까요. 하지만 이렇게 생각해요. 사람의 중심에 있는 것이 인간 세상에서도 중심에 있을 거라고요. 보세요. 기루를 찾는 사람들은 다 돈이나 권력이나 힘이 있는 사람들이에요. 기루는 그런 사람들이 모여들고 흘러가는 강이나 마찬가지에요."

정향이 머리를 저었다.

"난 잘 모르겠다. 어떤 점이 더 좋은지."

영사는 손을 깍지 껴 올리고 허리를 쭉 펴면서 말했다.

"강이니까 낚시만 던지면 사람을 낚을 수 있지 않겠어요?"

정향은 그제야 이해했다.

"넌 대체 언제 그런 걸 배웠니?"

그녀는 놀라면서 물었다.

영사가 대답했다.

"연극하면서요. 연극은 온갖 인생의 결정판이거든요."

영사는 씨익 웃고 말했다.

"항상 극적(劇的)이잖아요."

"네가 사는 게 연극 같아. 도깨비 같고. 꼭 세상을 주무르려는 괴물 같기도 하고……."

정향이 감탄하며 말했다.

영사는 미소를 짓고 대답하지 않았다. 뒤의 말은 아직 몰라도 앞의 말은 정확했다.

영사는 밤에 일을 물리고 침상에 누웠을 때 마음속으로 괴물이 되어서 세상을 주무르는 상상을 했다.

그것은 가슴이 벅찰 만큼 멋진 일이었다.

하지만 지금 세상을 주무르는 것은 세상은 있는 줄도 모르는 사문이었고 강호의 고수를 주무르는 사람은 파검 위지결이었다. 영사는 그에 비하면 아직 아무것도 아니었다. 작은 손으로 인형을 주무르는 아이일 따름이었다.

영사는 눈을 감고 세상을 상상하면서 어루만져 보았다. 그리고 작게 말했다.

"내게로 와라. 나와 함께하자."

넓고 크고 밝고 아름다운 세상을 상상했다.

빛과 색이 가득하여 찬란했다.

향기조차 그윽했다.

향기!

영사는 갑자기 정신이 번쩍 들었다.

호흡을 멈추고 생각도 멈췄지만 향기가 코끝에 감돌고 있었다.

영사는 눈을 뜨지 않았다. 대신 몸을 뒤척이는 척하며 이불을 끌어 코를 막고 한 손을 베개 밑에 넣어서 소도를 살그머니 잡았다.

귀로 사방을 들으니 미약한 숨소리가 영사의 바로 위에서 들려왔다. 영사는 상대방의 심장이 있는 위치를 가늠하고 천천히 눈을 떴다.

어둠 속에서 영사의 침상 위에 하얀 그림자가 옷을 나부끼며 떠 있었다. 하얀 얼굴이 영사를 내려다보고 있는 중이었다.

백지 한 장 차이 선녀인 셋째 조언리였다. 그녀는 가녀린 얼굴의 큰 눈에 슬픔이 가득한 얼굴이었다.

"제가 왔어요."

그녀가 울음을 터뜨릴 듯이 말했다.

영사는 방금 전에 자기가 조그맣게 했던 말을 떠올리며 머리카락이 쭈뼛했다. 그녀는 영사의 몸 위에 항아리를 안은 채 둥둥 떠 있었다.

"내 말을 들었어요?"

조언리가 고개를 끄덕이며 입을 삐죽거렸다.

영사는 아주 묘한 기분에 휩싸였다. 전혀 생각지도 않았던 따뜻함과 포근함이 느껴졌다.

조언리가 소매로 눈물을 훔치며 말했다.

"하지만 전 당신 곁에 있을 수가 없어요. 이제 가야 하거든요. 차오매가 율람장에서 내상약을 얻어왔으니까요."

영사는 가만히 그녀를 보기만 했다.

조언리의 몸이 더 내려왔다. 영사와 그녀의 사이에는 한 자반의 공간밖에 없었다. 조언리는 항아리를 머리에 올려 이고서 두 손으로 영사의 뺨을 만지려 했다.

영사는 숨겼던 오른손에서 소도를 놓고 그녀의 손을 잡아서 저지했다.

조언리가 말했다.

"전… 당신을 한 번 본 후에 죽으려고 왔어요. 전 가는 게 죽기보다 싫어요."

그녀의 눈썹에 눈물이 달렸다가 영사의 얼굴에 뚝뚝 떨어졌다.

조언리가 숨을 마신 후에 말했다.

"큰언니 말이 저도 이제는 연공할 필요가 없대요. 기간은 다 차지 않았지만 이 정도로도 충분할 거라고 해요. 더구나 저 외에 다른 사람들은 언니가 말해준 방법대로 해서 사람을 죽였어요. 그건 극기동잠공을 깨뜨린 거예요. 완전히 깨어진 건 아니지만 금이 갔으니 머지않아 완전히 깨어질 거예요."

말할 때마다 그녀의 숨결이 영사의 얼굴에 와서 닿았다.

영사가 물었다.

"당신은 돌아가면 어떤 일을 하게 되는지 알고 있어요?"

조언리가 고개를 흔들었다. 허공에 뜬 몸이 모두 수초처럼 꿈틀거렸다.

"제가 어떻게 알겠어요? 하지만 저는 당신이 심문했을 때 다 들을 수 있었어요. 그리고 우리처럼 자란 여자가 할 수 있는 일이 뭔지 어렴풋이 짐작되었어요. 아마도 큰언니나 다른 자매들이 했던 것처럼 남자들 옷을 벗게 하고 죽이는 일이지 싶어요."

아름다운 얼굴이 참 슬퍼 보였다.

영사는 손을 잡은 채 가만히 있었다.

조언리가 말했다.

"전 그래서 죽으려고 왔어요. 당신을 한 번 보고 나서 죽으려고요. 그런데 몰래 가려 하는데 당신이 저를 불러주었어요."

"나는 당신을 부른 게 아니었어요."

영사가 말했다.

조언리가 빙긋 웃었다.

"여긴 저밖에 없었는걸요. 그리고 전 당신이 심문할 때 저를 피하려 했던 것을 알고 있어요. 그래서 서운했지만 미워하지 않아요. 당신은 저를 좋아하게 될까 봐 겁이 났을 거니까요."

그녀는 자기를 좋아하는 마음을 본능적으로 느낄 수 있는 게 아닐까 싶었다. 더구나 섭심술에 걸린 상태에서 있었던 감정의 변화를 분명하게 알고 있다는 것도 놀라웠다.

총명한 사람이 추측해서 아는 것은 속일 수 있어도 단순하고 바보 같은 사람이 직관으로 느낀 것을 속인다는 것은 불가능하다.

영사는 그녀의 말을 부인하지 않고 사실대로 말했다.

"꼭 그렇지 않을지도 몰라요. 그때는 그랬을 수도 있어요. 하지만 지금 제 마음은 어떤 여자에게도 흔들리지 않아요."

"저도 그렇답니다."

조언리가 몸을 더 내리며 말했다. 얼굴이 아주 가까웠다.

"죽으려던 마음을 고쳐먹었어요. 저는 뒤에 돌아와서 꼭 당신 곁에 있겠어요. 지금은 떠나야겠지만."

영사가 물었다.

"당신 자매들은 모두 떠났어요?"

조언리가 말했다.

"먼저 가라고 했어요. 당신한테 인사하는 것은 제가 하겠다고 고집 부렸어요."

조언리의 손이 찼다.

영사가 말했다.

"이제 가세요."

조언리가 영사의 이마에 입술을 댔다가 떼면서 말했다.

"당신이 누군지 알려주세요."

"단영사."

영사가 말했다.

조언리는 입으로 한 번 따라 한 후에 또 물었다.

"당신은 누군가요?"

영사는 조언리를 빤히 바라보았다.

조언리의 파란 눈동자가 호수 같았다.

영사가 말했다.

“나와 맞서지 마세요. 나는 염왕과 가까운 사람이에요.”

조언리가 말했다.

“염왕사자?”

그녀가 염왕사자를 알고 있었다. 의외였다.

영사는 잠시 침묵했다. 이것도 그녀의 직관인 것 같았다. 부인할 수가 없었다.

천천히 그녀에게 물었다.

“염왕사자를 알고 있어요?”

조언리가 말했다.

“세상에서 가장 무서운 사람들이라 했어요.”

몰락하기 전 경교에는 모든 신도들이 일곱 날마다 한 번씩 모였는데, 그러면 각 신도들이 그들의 죄와 비밀을 승려에게 털어놓는 의식이 있었다.

사문에서는 경교가 발전하도록 돕던 시기에 사문의 제자들도 경교에 들여보냈으나 실패했다. 맹세에 얽매어 있기 때문에 비밀을 실토할 수 없었던 자들은 스스로 경교를 나오고 말았으며, 경교에 심취해서 맹세를 어겼던 자들은 염왕부에서 나간 사자들에 의해 모조리 제거당했다.

경교에 남아 있는 염왕사자에 대한 기록은 사문의 변절한 제자들로 말미암은 것이었고, 조언리는 그것을 본 적이 있었다.

하지만 우전을 비롯해서 염왕사자는 이제 모두 죽었다. 오직 그의 뒤를 이은 영사만 남아 있었다.

그리고 어딘가에 숨어서 또 다른 기록을 남기고 있을지 모르는 염왕부의 변절자!

영사는 암울한 생각이 들어서 고개를 끄덕였다.

조언리가 손을 빼서 영사의 얼굴을 쓰다듬으며 말했다.

"그래도 전 당신을 무서워하지 않아요. 당신이 죽여도… 저는 당신이 좋아요."

말이 끝나자마자 조언리의 몸이 높이 올라갔다.

항아리를 한 손에 안은 그녀는 환기를 위해서 만들어진 작은 창을 소매로 덮어 가리면서 열었다. 아무 소리도 나지 않고 심지어 바깥의 찬바람도 들어오지 않았다.

그녀는 영사에게 방긋 웃어 보인 후에 몸으로 작은 창을 채우며 빠져나가 소리없이 닫았다.

영사는 그녀들이 천복사에서 탈출할 때의 모습을 짐작할 수 있었다. 그녀들은 몰래 들어가고 몰래 나오는 특별한 재주를 지니고 있었던 것이다.

예민한 영사의 코에 남겨져 있는 미미한 향기를 제외하고는 조언리가 방에 왔다 간 흔적이 전혀 남지 않았다.

하지만 영사는 담담한 마음에 그녀의 울먹이던 모습이 머릿속에 남아 있었다.

그리고 잠을 잔 후에 물을 받아 세수를 하려는데 이마에 입술 자국이 있었다. 영사는 혹시 정향이나 진옥이 볼 새라 손으로 문질러 지워 버렸다.

새벽 연공을 막 끝냈을 때다.

"고년들 참 독하다. 고맙다는 말 한마디 없이 가버렸어. 누가 돈 내놓으라고 할까 봐."

투덜거리면서 계월이 왔다.

영사는 땀을 닦고 말했다.

"저한테 왔었어요."

계월이 눈을 휘둥그레 뜨고 물었다.

"밤중에?"

영사가 확인해 주었다.

"예."

계월은 그래도 양심이 영 없지는 않는가 보다 하고는 홍화루의 일을 꺼냈다. 하루 일의 시작이었다.

홍화루는 이십 세 전후의 기녀들을 주로 하되 움직임을 느리고 기품있게 하도록 훈련시키고 있었다. 그녀들의 옷차림과 장식은 화려하고 홍화루의 그림과 치장은 동선을 따라 서로 다른 그녀들의 옷차림과 조화가 이루어지도록 하는 중이었다.

*   *   *

"언니, 낮게 날아! 동심원 놈들이 눈이 빨개져 있어! 조금이
라도 의심스러운 데는 다 찔러보는 모양이야!"

차림이 급하게 전음으로 말했다.

"응."

조언리는 자기도 모르게 올라갔던 몸을 낮춰 처마 아래와
지붕 끝에 맞췄다.

경교 육선녀는 그렇게 날아서 서안을 벗어나는 중이었
다.

조언리는 반쯤 넋을 놓고 있었다. 날아가는 도중에 눈물이
날렸다. 가슴은 들먹이지도 않는데 그냥 눈물이 줄줄 흘렀
다.

장규용은 입술을 지그시 깨물며 모른 척하며 앞으로만 날
았다.

불쌍하기로 따지면 그녀들 모두 마찬가지였다.

망해 버린 경교의 육선녀로 뽑혔을 때 이미 운명은 결정되
어 있었다.

장규용 자신도 두려웠다. 언젠가는 이런 날이 올 줄은 알았
지만 마음속에서는 아직 해와 날이 많이 남았을 거라 스스로
속이고 살아왔다.

한데 율람장에서 자매들이 다선루에 있다는 전갈을 받은 차림은 민 장로에게 보고한 후 명을 받고 돌아왔다.

"개봉으로 옮긴대."

차림은 재회에 기뻐하며 한바탕 운 후에 그렇게 말했다.

"여기는 이제 너무 위험해져서 옮기기로 했는가 봐. 비림에서의 수련도 더는 필요없다고 하셨어."

그 말의 의미를 다른 자매들은 몰라도 장규용은 알고 있었다. 하지만 어쩌면 백지 한 장 차이인 조언리는 또 알고 있을지도 몰랐다.

그냥 그 남자를 떠나는 것치고는 눈물이 지나치게 많다. 뭘 좋아하면 밑도 끝도 대책도 없이 좋아해 버리고 마는 조언리다. 그런 그녀가 영혼이 슬퍼하는 듯이 운다는 것은 이미 다 알고 있다는 걸 말하는 것 같고 또 큰언니인 자기를 원망하는 것도 같았다.

장규용은 속으로 말했다.

'셋째야, 나도 어쩔 수 없단다.'

서안을 벗어나서 사십 리쯤 날아갔다. 때늦은 철새 무리가 머리 위를 십자로 교차하며 남쪽으로 가고 있다.

밤바람에 몸이 차가워져 쉬어야 했다.

장규용은 큰 나무 아래에 모두 내리게 했다. 차림과 강설이 눈을 치우고 선우호기와 동수대가 마른 나뭇가지들을 주워

모아 불을 피웠다.

하지만 조언리는 서쪽을 향해 서서 여전히 눈물만 흘리고 있었다.

하얀 얼굴, 삼단 같은 머리카락에는 눈물이 날다 얼어붙은 작은 구슬들, 턱끝에는 엷게 얼어 눈꺼풀 같은 눈물의 조각이 붙어 있었다.

그 조각이 비수가 되어 장규용은 가슴이 아렸다.

그들이 앉을 곳을 마련하던 동수대가 참지 못하고 소리쳤다.

"셋째 언니, 이제 그만해. 자꾸 그렇게 울다간 슬퍼서 죽고 말 거야."

조언리가 그대로 선 채 작은 소리로 말했다.

"난 절대로 안 죽어. 안 죽을 거야."

선우호기가 말했다.

"그래. 안 죽으려면 그만 울고 여기 와. 쉬어야 또 가지. 갈 길이 아직 멀어."

조언리는 대답도 하지 않고 가지도 않았다. 그녀의 고집을 알기에 더 이상은 아무도 말하지 않았다.

조언리는 서안을 향해 보다가 이제는 천중을 지나는 달을 보고 있었다. 달빛이 숲으로 들고 눈 위에 정적을 뿌렸다. 모닥불에서 오른 파란 연기가 나무 사이로 흘렀다.

"큰언니."

조언리가 나직하게 불렀다.

장규용이 대답했다.

"응."

"우리… 죽을 때까지야?"

조언리가 물었다.

장규용은 목이 콱 메었다. 역시 알고 있었다. 장규용은 겨우 말했다.

"…그래."

장규용은 무슨 말이라도 더 해주려고 기다렸지만 조언리가 묻지 않았다.

조언리는 한참을 그렇게 더 서 있다가 천천히 돌아서서 모닥불 옆에 와서 앉았다.

눈물은 여전히 흐르고 있었지만 손을 내밀어 불을 쬐었다.

하지만 장규용은 흠칫하고 놀랐다. 조언리가 마치 낯선 사람처럼 느껴졌다.

보니 다른 자매들도 모두 그런 느낌을 받은 모양이었다. 너무 울어서 그런 것은 아니었다.

차림이 깜짝 놀라며 말했다.

"셋째 언니, 언니가 이상하게 보여."

조언리가 입가에 조금 미소를 띠었다.

장규용과 선우호기 등 모두는 황망한 마음이었다.

선우호기가 물었다.

"너… 혹시 미치려는 거야?"

조언리가 머리를 조금 저었다.

"아니야. 난 이제 바보 안 할 거야. 해도 소용없는걸."

"대체 뭔 소리를 하는 거야. 바보같이. 바보면 어떻고 아니면 어때? 언닌 똑똑할 때도 있잖아."

동수대가 톡 쏘고 나서 작게 말하며 울먹였다.

"에이, 정말 바보 같아. 그게 하고 싶으면 하고 말고 싶으면 마는 건가, 뭐."

조언리가 다시 머리를 흔들고 혼잣말처럼 중얼거렸다.

"바보가 되고 싶으면 되는 거고 안 되고 싶으면 안 되는 거지 정해진 게 어디 있어. 다 마음 정하기에 달렸지."

강설이 물었다.

"그럼 언니는 여태까지 일부러 바보 짓 한 거야?"

조언리가 강설에게 말했다.

"그런 것 없어. 바보가 되면 바보고 아니면 아닌 거지. 혹시 이런 일이 올까 봐 바보가 됐는데… 이젠 그럴 필요 없잖아."

"말도 안 돼."

동수대가 말했다.

"정말 그렇다면 천재가 되겠다고 마음먹으면 천재도 되는 거잖아."

조언리는 먼 곳에 시선을 두고서 나직하게 말했다.

"그래."

장규용은 찬바람을 들이켰다. 조언리의 말이 터무니없는 것 같지 않았다. 바보라고까지는 할 수 없어도 멍청한 그녀였지만 그 와중에도 가끔 천재 같아 보였다.

조언리가 입을 다물었다가 다시 말했다.

"나는 그래."

차림이 음성을 떨면서 말했다.

"언니… 무섭다."

장규용이 물었다.

"넌… 언제부터 알았니? 그 때문에 바보가 됐던 거였어?"

조언리가 눈을 들고 말했다.

"열 살 때. 하지만 바보가 되고 나서 잊고 있었어. 조금 전에 다시 생각이 났어."

육선녀의 셋째인 그녀는 본래 이름이 조리(趙梨)였다. 하지만 어릴 때부터 가까운 사람들에게 언리(偃梨)라고 불렸는데 드리워진 배나무라는 뜻이었다. 그만큼 그녀는 희고 예뻤다.

그리고 그녀는 이상한 데가 있어서 함께 육선녀가 된 자매들에게는 종종 '백지 한 장 차이'라는 소리로 놀림을 당할 때도 많았다.

세상 물정을 도통 모르는 것처럼 보일 때도 있었고 도통한 것 같은 경우도 있었다. 그녀는 다른 자매들과 똑같은 책을 읽고 똑같은 무공을 배웠지만 항상 같지 않았다.

혼자만 이상하게 해석하곤 했는데, 그것들은 그것대로 이치가 통했다. 그렇지 않은 것들도 많았지만 그녀는 아무렇지도 않게 생각했다. 그러면 남들은 자기가 이해력이 부족하지 않은가 하고 당황할 때도 있었다.

하지만 조리는 제멋대로고 고집도 셋으며 억지를 부리는 데는 누구도 당할 수 없는 여자였다. 그녀를 가르쳤던 전대 육선녀는 관상학적으로 조리의 이마가 어떻게 생겼기 때문에 그렇다고까지 말했다. 때로는 너무 멍청하기도 했다.

그녀가 육선녀로 선택될 수 있었던 이유는 오직 경교의 칠대교주 문태걸(文泰杰) 때문이었다. 그가 육선녀 지정 나이를 십 세 이하로 했기 때문이다.

조리는 여섯 살 때 선정되었는데, 그 나이 때는 보통의 아이들이 다 그렇듯이 알 건 알고 모르는 건 모르는 때라 그녀의 지적으로 왔다 갔다 하는 부분을 민 장로나 전대 육선녀조차 알아차리지 못했다.

엉뚱한 소리를 하는 아이들과 정말 똑똑한 아이들이 어릴 때는 분간되지 않는다는 이유도 있었다. 그 아이들이 정말 똑똑했는데 나중에 어떤 영향으로 똑똑하지 않게 되었는지도 모를 일이지만, 하여간 조리의 경우에는 오로지 그녀의 특출한 면만 도드라져 제일 큰 사랑을 받았을 정도였다.

예쁘기도 가장 예뻤다. 가지를 드리운 배나무같이 하얗고 예쁘다 해서 언리라 불렸고, 그 분위기 속에서 그녀는 고집을 키웠다.

그녀가 배우는 것도 고집이 작용했는지 어떤 것은 지나치게 빨랐고 어떤 것은 너무 느리거나 아예 배우지 못한 경우도 있었다.

이것이 경교 내에 알려져 있는 셋째 선녀 조리에 대한 것이고 다른 육선녀들이 알고 있는 내용이었다.

바보가 되기로 작정하고 진짜 바보로 살 수 있을 정도라면 그녀에 대한 평가는 모두 틀렸다. 그녀는 열 살 때 스스로 심리적인 금제를 했던 것이다.

장규용은 이런 이야기를 들어본 적이 없었다.

"언리, 너는… 천재였구나."

그녀가 떨리는 목소리로 말했다.

"나는 아직 그렇게 살아본 적은 없어. 하지만……."

조언리는 눈을 감았다가 떴다. 그리고 조용하게 말했다.

"이제는 그래야 해. 난 살아서 그 사람한테 돌아가야 하니까."

『여명지검』 제3권에 계속…

은하의 계곡

무천향
武天鄉

허담 新무협 판타지 소설

뿌리를 찾아가는 목동 파소의 여행.
그 여정의 끝에서
검 든 자들의 고향 대무천향 (大武天鄉)을 만난다.

검객 단보, 그는 노래했다.

…모든 검 든 자들의 고향 무천향.
한초식의 검에 잠든 용이 깨어나고, 또 한초식의 검에 잠든 바다가 일어나네.
검의 흐름을 따라가다 보면 어느새, 세월도 잊어버리고, 사랑도 잊어버리고,
무공도 잊어버려…….
결국에는 자신조차 잊어버리는…….

은하의 가장 밝은 빛이 되어버린다는
그 무성(武星)들의 대지(大地).

아, 대무천향(大武天鄉)이여!

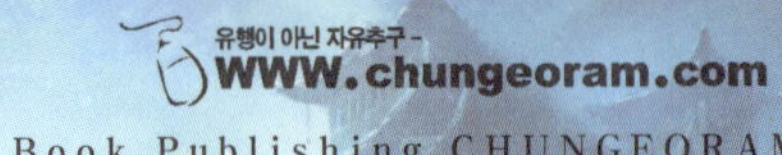

낭왕 狼王

별도 新무협 판타지 소설

살내음 나는 이야기에 여러분은 가슴 졸인 적이 있는가?
남들이 볼까 두려워하며 책을 가리면서 읽었던 구절을 몇 번이나 반복하며
읽은 적이 없는가?

구무협의 향수를 그리워하던 별도가 결국은
〈무협의 르네상스〉를 부르짖으며 직접 자판 앞에 앉았다.

"제가 무협을 쓰기 시작한 이유는 더 이상 읽을 책이 없었기 때문입니다."

모든 일은 4년 전부터 시작되었다.
살인사건을 배경으로 펼쳐지는 음모와 배신, 사랑과 역공작,
그리고 정사!

우리 시대의 이야기꾼, 별도의 새로운 글, 〈낭왕狼王〉!
〈천하무식 유아독존〉, 〈그림자무사〉, 〈검은여우毒心狐狸〉에
이은 그의 또 하나의 역작!

촌부 新무협 판타지 소설

예(禮)와 법(法)을 익힘에 있어
느리디 느린 둔재(鈍才).
법식(法式)에 얽매이기보다 마음을 다하며,
술(術)을 익히는 데는 느리지만
누구보다 빨리 도(道)에 이를 기재(奇才).

큰 지혜는 도리어 어리석게 보이는 법[大智若愚]!

화폭(畵幅)에 천지간(天地間)의 흐름을 담고
일획(一劃)에 그리움을 다하여라!

형식과 필법을 익히는 데는 둔하나
참다운 아름다움을 그릴 수 있게 된
화공(畵工) 진자명(陳自明)의 강호유람기!

유행이 아닌 자유주구 -
WWW.chungeoram.com
Book Publishing CHUNGEORAM

미친 바람이 동해에서 불기 시작했다!
둥지를 떠난 광룡(狂龍)이 강호에 나타났다!

내가 가고 싶은 대로 간다.
내가 하고 싶은 대로 한다.
누구도 내 앞을 막지 마라!

한겨울, 마침내 광룡의 전설이 시작되고,
천하가 광룡과 빙심에 뒤집어졌다!